AF196402

Verlag & Druck: tredition GmbH, Halenreie 40-44,

22359 Hamburg

ISBN

978-3-7482-9419-1 (Paperback)

978-3-7482-9421-4 (e-Book)

Armin Schmidt

Zwischenzeiten

Erzählungen

Diese Anthologie ist meinen Enkeln Konstantin,

Lias und Lilly Carlotta gewidmet,

Evelyn Barenbrügge sei Dank für Ratschläge und Korrektur

Inhalt

A. Traumschleifen

1. Karierte Maiglöckchen

E in schneller Griff zu den Bestimmungsbüchern im Regal hinter mir. Versagen auf der ganzen Linie. Convallaria majalis, das zu den Liliengewächsen gehört, kennt keine karierten Formen. Auch im Lateinischen finde ich nur Scutulata, karierte Kleider. Punktum. Schottenkaro etwa? Aber gibt es Schotten, die auf Wiesen wachsen?

Barbara, meine Verlegerin, hat karierte Maiglöckchen bestellt. Sie hat bestellt und ich muss liefern. Einmal karierte Maiglöckchen, bitte. Kurz und bündig. Meine Spürnase bebt. Wo kann ich sie einsetzen? Wo duftet es nach diesen geheimnisvollen Pflänzchen?

Im Internet. Natürlich. Warum ich da nicht gleich drauf gekommen bin. Eine Firma ist zur Lieferung bereit, fordert mich aber zu Diskussionen mit Designern und Produktmanagern auf, damit sie das Projekt umsetzen kann. Geht es nicht billiger? An anderer Stelle fragen sie mich nach meinen Wunschartikeln. Suchen Sie karierte Maiglöckchen oder die Eier legende Wollmilchsau? Dumme Frage. Karierte Maiglöckchen natürlich. Was soll Barbara mit einer Sau anfangen? Soll sie das arme Tier etwa schlachten und mit ihren Freunden aufwendig tafeln? Aber selbst wenn ich mir ausdrücklich die Maiglöckchen wünsche, wird es nicht einfacher: Sie führen in ihrem Katalog mehr als eine halbe Million Produkte. Eines davon würde mir schon reichen, aber welches?

Wissen Sie, wer zu Ihnen passt oder suchen Sie wirklich karierte Maiglöckchen, heißt es an anderer Stelle. Ja, die suche ich und keinen geeigneten Kandidaten für meine Netzwerke. Den bietet mir eine weitere Website an und meint, ich könne dann endlich aufhören, karierte Maiglöckchen zu suchen. Aber wie soll ich das Barbara erklären? Da recherchiere ich schon lieber weiter und treffe auf Maiglöckchen mit Auslandserfahrung oder mit außergewöhnlichen Sprachkenntnissen. Mit denen kann ich genauso wenig anfangen wie mit peniblen Zahlenglöckchen, präzise und detailverliebt. Kariert sollen sie sein, das würde mir schon reichen. Doch der Schlusssatz auf dieser Homepage schlägt wie eine Bombe bei mir ein und raubt mir alle Hoffnungen: Karierte Maiglöckchen gibt es nicht.

Ich lasse selbst mit diesen schlimmen Aussichten nicht locker und lande bei den Kleinanzeigen. Da sucht jemand ein kariertes Maiglöckchen als Bräutigam für seine Maus, die sich bei weiterem Lesen als Hundedame entpuppt. Das glückliche Exemplar soll sofort, sobald es gefunden ist, auf gleicher Seite vorgestellt werden. Je länger ich surfe, umso näher komme ich anscheinend meinem Ziel. Ein Deltateam liefert die karierten Blümchen nicht nur im Mai. In der

Stoffabteilung einer großen Warenhauskette werden Extrawünsche bis hin zu karierten Maiglöckchen erfüllt, wenn auch eine Partneragentur davon abrät, nach karierten Maiglöckchen zu suchen. Eine andere verspricht freilich, dergleichen umgehend zu besorgen.

Doch bevor mein Kopf endgültig Karussell fährt, treffe ich auf eine Firma, die Papierprodukte aller Art anbietet, darunter auch Druckmedien, die man als karierte Maiglöckchen bezeichnet. Sie liefert selbst kleine Mengen möglichst noch am Tag der Bestellung. Das eigentliche Highlight wartet aber auf der dritten Seite auf mich, abgebildet sind dort Maiglöckchen in zartgrünem Karo. Einfach wunderbar.

Ist das die Lösung oder sind es die Wochenendhäuser, die ich sogar selbst aufbauen könnte? So würde ich dem Alltag entfliehen und in einem karierten Maiglöckchen wohnen, der Spezialität der Hersteller dieser hübschen Blockhäuser. Ich müsste nur noch einen Platz finden, wo ich mein neues Heim errichten könnte. Die Firma verspricht mir, sie liefere per Helikopter auch auf eine Alm oder per Schiff sogar nach Kamerun.

Barbara hat bei mir einen Volltreffer gelandet, mitten ins Herz. Seitdem beherrschen karierte Maiglöckchen meinen Alltag und gebieten über mein Leben. Überall suche ich sie, finde ihre Spuren, die sich allzu oft wieder in Luft auflösen, bevor ich mein Ziel erreicht habe. Ich liege auf einer Wiese, umgeben von ihrem Duft, will nach ihnen greifen und erwache viel zu früh aus diesem faszinierenden Traum. Im ICE nach München rase ich an ihnen vorbei und wage nicht, die Notbremse zu ziehen. Ich begegne einer hübschen, jungen Frau, auf deren Rocksaum karierte Maiglöckchen eingestickt sind. Doch ehe ich mich von meinem Staunen erhole und sie ansprechen kann, ist sie hinter der nächsten Ecke verschwunden. Ich laufe hinterher, aber ich sehe sie nicht mehr, als hätte der graue Asphalt der Straße sie verschluckt. Bei einer Radtour lasse ich meine Augen über Wiesen und Felder schweifen und sehe überall karierte Maiglöckchen, bevor ich erschöpft vom Rad zu Boden sinke. Als ich wieder wach werde und mich aufrichte, blicke ich auf zahlreiche gelbe Tupfen in der grünen Wiese: Löwenzahn, soweit das Auge reicht.

Je länger ich darüber nachdenke, umso klarer wird mir, dass ich einem Phantom hinterherjage. Solange ich glaube, mich eines Tages über karierte Maiglöckchen beugen und einige von ihnen zu einem Strauß zusammenfügen zu können, solange ich versuche, via Internet bei einer Firma karierte Maiglöckchen zu bestellen, und auch noch von der umgehenden Lieferung überzeugt bin, ich also keine Zweifel an der Existenz karierter Maiglöckchen habe, werde ich scheitern. Es ist sinnlos, einen Königsweg zu suchen, der mich ans Ziel meiner Wünsche führt, weil es ihn nicht gibt. Ich sollte alles dem Zufall überlassen. Wenn diese vermaledeiten Glöckchen irgendwo auf mich warten, werde ich sie finden. So leicht gebe ich nicht auf. Barbara, ich liefere. Lass ihnen und mir nur genügend Zeit.

Dies alles schrieb ich auf, als ich alle Hebel in Bewegung setzte, diese geheimnisvollen Kräuter zu finden. Doch sie fielen mir nicht in den Schoß, so sehr ich mich auch abmühte. Geduldiges Abwarten liegt mir nicht, doch was blieb mir schon anderes übrig. Ich lenkte mich ab und besuchte ein Konzert des berühmten chinesischen Pianisten Lang Lang. Dieser Klaviervirtuose ist ganz einfach ein Siegertyp. Jeder Zoll an ihm ein Star, wenn er locker zum Steinway schreitet, rechts und links freundlich grüßt und dann am Instrument Platz nimmt. Während des Konzerts beherrscht er die leisen und die dynamischen Töne gleichermaßen, brachte mich bei Schuberts B-Dur-Sonate glatt zum Heulen. Ich saß da mit geschlossenen Augen, während mir die Tränen die Wangen herunterliefen, und dachte nicht mehr an karierte Maiglöckchen. Doch plötzlich sah ich sie. Karierte Maiglöckchen in allen Farben im März. Sie schwebten von der Decke der Konzerthalle anmutig herab auf die gebannt lauschenden Zuhörer. Sie brachen aus dem Bühnenlogen heraus und verwandelten ihn in einen blühenden Garten. Sie lagen verstreut auf dem Flügel und ihre Blütenblätter zitterten im Rhythmus der Klänge, die Lang Lang dem Instrument derart fein entlockte. Zeit zum Träumen während der grandiosen Interpretation von Chopins zweitem Etüden-

Zyklus, zu dem die Maiglöckchen einen geradezu entfesselten Tanz aufführten. Als der letzte Ton verklang, öffnete ich die Augen und wurde abrupt in die Wirklichkeit zurückkatapultiert.

Lang Lang erhob sich, während der Beifall aufbrandete, aber er stand einsam und allein an seinem Flügel, keine karierten Maiglöckchen weit und breit. Der Traum ging zu Ende, während der Pianist unter Verbeugungen in alle Richtungen das Podium verließ. Meine Frau schüttelte nur den Kopf, als ich ihr von meinen heiß geliebten Pflänzchen erzählte, und klärte mich darüber auf, dass damit nichts weiter als ganz besonders extravagante Kundenwünsche gemeint sind. Wenn ich das nur von Anfang an gewusst hätte. Nein, besser nicht; so konnte ich zumindest von ihnen träumen.

2. Ein Herz, zwei Namen

I.

Als ich im Juni des Jahres 2004 mit ihr auf der Bank im Stadtpark saß und wir uns zuflüsterten, wie sehr wir uns liebten, ahnte ich nicht, dass sich mein Leben ändern und von ihr wegtreiben würde. Ich weiß nicht mehr, warum wir gerade auf dieser Bank saßen. Vielleicht stand sie an einer besonders romantischen Ecke des Parks, vielleicht hatten wir nur einen stillen Fleck gesucht, an dem wir allein waren.

Mein Blick fiel auf die zerkratzte, grün bemooste Lehne. Ganz links schimmerte eine seltsame Struktur durch. So schien es mir jedenfalls. Ich wischte mit der Hand darüber und stieß auf zwei eingravierte Namen, die in einem sorgfältig geschnitzten Herzen immer deutlicher zu lesen waren, je mehr ich mit meinem Fingernagel nachhalf. Gertrud und Friedrich las ich und eine Jahreszahl. 1906, nein 1908. Fragen Sie mich bitte nicht, warum ich damals Gertrud und Friedrich, umgeben von einem Herzen, geschnitzt in eine altersschwache Parkbank, so interessant fand. Warum mich ausgerechnet diese beiden Namen von meiner Freundin Katharina ablenkten. Erstaunlich war es schon, dass sie nach so langer Zeit noch so gut erhalten waren. Beide Namen traten klar hervor, während die Jahreszahl, nachlässiger eingraviert, von Flechten überwuchert und nur schwer lesbar war. Ich arbeitete vorsichtig mit dem rechten Zeigefingernagel weiter. Ja, 1908 musste es heißen. Sie hatten sich also vor dem Ersten Weltkrieg hier in dieser Bank verewigt.

„Was ist los mit dir?"

„Schau her."

Verständnislos schaute meine Freundin auf die beiden Namen und wunderte sich wohl darüber, dass mein Interesse von ihr so plötzlich zu Gertrud und Friedrich gewechselt war.

„1908. Die modern schon lange irgendwo vor sich hin."

Mir gefiel diese flapsige Bemerkung nicht, auch wenn sie der Wahrheit natürlich nahekam. Und sie setzte noch einen drauf.

„Friede ihrer Asche."

„Woher willst du wissen, dass sie verbrannt worden sind?"

„Weiß ich doch gar nicht. Das sagt man doch so. Aber was hast du mit diesen Toten am Hut? Beschäftige dich lieber mit den Lebenden."

Können zwei vergilbte Namen von Menschen, die ich nicht kannte und auch nicht mehr kennenlernen konnte, ein Leben verändern? Wieso hatte ich das Gefühl, aus meiner Welt aussteigen und in die verblichene Wirklichkeit von Friedrich und Gertrud einsteigen zu müssen?

„Ich gehe."

Meine Freundin stand abrupt auf und ging. Ich folgte ihr nicht. Ich ließ sie gehen, ließ sie einfach los. Geistesabwesend strich ich mit der Hand über die eingravierten Buchstaben, folgte mit den Fingern den Einkerbungen. Als ich wieder zu mir kam, war Katharina bereits hinter einer Hecke verschwunden, als wäre sie nie da gewesen. Hatte sie vor Kurzem noch auf dieser Bank neben mir gesessen? Es kam mir umso unwirklicher vor, je mehr Gertrud und Friedrich meine Gedanken beherrschten. Ich stand auf und ging langsam durch den Park nach Hause.

II.

Es war an einem Herbsttag etwa ein Jahr nach der Begegnung mit jenen Schatten der Vergangenheit. Ein ehemaliger Lehrer wurde beerdigt. Da ich ihn zu seinen Lebzeiten sehr verehrt hatte, nahm ich an seinem letzten Gang teil.

Katharina hat mich damals verlassen. Mit einem Menschen, der nur noch an Gertrud und Friedrich denke, könne sie nicht mehr zusammen sein. Ich vermute, dass sie schon länger vorgehabt hatte, mir den Rücken zu kehren. Gertrud und Friedrich kamen ihr gerade recht.

Bei der Beerdigung sah ich Katharina wieder. Wir waren uns fremd geworden.

Der Priester sprach von dem Verstorbenen. Von wem redete er? Es fiel mir schwer, mich auf die Rede zu konzentrieren. Meine Gedanken schweiften ab, flatterten davon wie Zugvögel im Herbst zu dem Herzen, das tief in die Parkbank hineingeschnitten war. Das Herz, das mich damals so sehr in seinen Bann gezogen hatte.

„Wie geht es Gertrud und Friedrich?"

Katharina stand neben mir. Ihre Worte klangen bitter, Katharinas Frage klang wie ein stiller Vorwurf. Und ich war mit einem Mal überzeugt davon, dass sie recht hatte, dass ich etwas versäumt hatte, was ich nicht hätte versäumen dürfen. Zutiefst verunsichert verabschiedete ich mich von ihr und schlenderte ziellos über den Friedhof.

Da blieb mein Blick an einem Grabstein hängen. Er war nicht größer als viele andere. Er war auch künstlerisch kaum von Bedeutung. Aber was ich da las, erschreckte mich und zog mich zugleich magisch an. Ich las mit wachsendem Erstaunen:

Hier ruhen, nachdem sie endlich Frieden gefunden haben, Friedrich und Gertrud Melzer.

Darunter der gemeinsame Todestag: 1. Mai 1944. Friedrich und Gertrud, Gertrud und Friedrich, gestorben am gleichen Tag. Ein Unfall, der Weltkrieg, Selbstmord? Ich ging ganz nah heran. Meine Füße berührten bereits die bröckelnde Umrahmung des Grabes, als ich bemerkte, dass unten am Fuß des Grabsteins noch ein Satz eingraviert war. Ich strich ein paar verwelkte Blumen beiseite und säuberte den Stein mit meinem Taschentuch.

Dann konnte ich lesen, was dort geschrieben stand: Sie starben, weil sie mit ihrem unendlichen Leid nicht fertig wurden.

Ob das Leid mit dem Krieg zusammenhing, der damals schon jahrelang in Europa tobte? Das schien mir wahrscheinlich. Opfer von Bomben waren sie wohl nicht geworden, nach diesem Satz hatten sie eher gemeinsam Selbstmord begangen. Ein Verkehrsunfall war im Jahre 1944 doch eher unwahrscheinlich.

Friedrich und Gertrud Melzer. Unbekannte Namen auf einem Grabstein. Unbekannte Schicksale. Noch unbekannt. Aber je länger ich über sie nachdachte, umso drängender wurde mein Verlangen, vom Schicksal der beiden mehr zu erfahren. Mich mit ihrem Leben, ihrem Sterben auseinanderzusetzen, als wolle ich die Toten zum Leben erwecken.

III.

Mai 1944. Der Zweite Weltkrieg zog in Europa eine grauenhafte Spur der Vernichtung. In Russland und anderswo ließen junge Menschen ihr Leben in einem sinnlosen Krieg. Das Schicksal von Friedrich und Gertrud Melzer war wohl untrennbar damit verbunden. Aber was verband sie mit dem Morden und Sterben auf den Schlachtfeldern? Wie konnte ich herausfinden, warum sie am 1. Mai 1944 gemeinsam in den Tod gegangen waren? Ich dachte fieberhaft darüber nach. Als ich schon aufgeben wollte, fiel mir ein Freund ein, der Familienforschung betrieb. Er riet mir, mit den Kirchenbüchern anzufangen. Ich besuchte den zuständigen Pfarrer und erfuhr, dass die Bücher der damaligen Zeit im Zentralregister des Erzbistums auf Mikrofilm aufbewahrt werden. Es dauerte lange, mir viel zu lange, bis ich von dort einen Termin erhielt.

IV

Friedrich Melzer wurde am 1. Mai 1880 geboren. Als er am 1. Mai 1910 Gertrud Vornweg heiratete, arbeitete er als Buchhändler in seiner Heimatstadt. Gertrud Vornweg war vier Jahre jünger und die Tochter von Gerd und Heidemarie Vornweg. Sie stammte aus einem kleinen Dorf in der Nähe. Wieder dieses Datum, wieder der 1. Mai. Ein Mitarbeiter des Zentralregisters riet mir, auch die nächsten Jahre des Kirchenbuchs intensiv durchzugehen.

„Die beiden hatten doch sicher Kinder."

Ein wichtiger Hinweis. Er sollte mich zur Lösung des Rätsels führen. Ich ging die nächsten Jahre durch, fühlte mich wie ein Agent des Nachrichtendienstes auf der Suche nach brauchbaren Indizien. Ich verglich mich mit James Bond, doch mein Fall war nicht annähernd so cool wie die des Geheimagenten seiner Majestät.

Aber durfte ich so einfach im Leben zweier Menschen herumwühlen, die ich überhaupt nicht kannte? Störte ich nicht den Frieden, den die beiden gesucht und hoffentlich auch gefunden hatten?

Was ging mich das Schicksal von Friedrich und Gertrud Melzer eigentlich an? Ich vertrieb diese Gedanken wie lästige Fliegen und las weiter. Und ich wurde fündig. Am 28. Juni 1913 gebar Gertrud einen Sohn. Sie nannten ihn Wilhelm. Kaiser Wilhelm II. trieb Deutschland in den Krieg. Warum hatten sie ausgerechnet diesen Namen gewählt?

Jetzt war ich in meinem Element. Ich suchte aufgeregt weiter. Wie ein Spürhund blieb ich auf der Fährte und brauchte nicht lange zu warten. Am 8. Juli 1915 kam der zweite Sohn zur Welt. Er hieß Friedrich, wie sein Vater.

Inzwischen hatte ich mich immer besser an die Arbeit mit den Kirchenbüchern auf Mikrofilm gewöhnt und ließ nicht mehr locker. Der älteste Sohn heiratete 1939 Irmgard Weber. Schon 1940 kam Sohn Robert zur Welt.

Das war der letzte Eintrag, den ich fand. Robert Melzer hatte seine Heimatstadt vermutlich verlassen, denn sein Name tauchte in den Büchern nicht mehr auf. War ich am Ende? Wo sollte ich weitersuchen?

V.

Es lag eigentlich nahe, das Internet mit meiner Suche zu beschäftigen. Aber es dauerte lange, bis ich auf diese Idee kam. Dann gab ich, ohne länger nachzudenken, den Namen Robert Melzer ein und fand sehr schnell eine Reihe einschlägiger Seiten. Ich kann hier nicht in allen Einzelheiten schildern, wie ich dann weiter vorging, wie viele Telefongespräche ich führte, wie viele Menschen, die zufällig Robert Melzer hießen, belustigt bis verärgert auf meine Anrufe reagierten.

Bis ich eines Tages den richtigen Robert Melzer an der Strippe hatte. Er war sofort bereit, sich mit mir zu treffen. Er wunderte sich zu meinem Erstaunen kaum darüber, dass ich etwas über seine Ur-großeltern erfahren wollte, obwohl ich seine Familie überhaupt nicht kannte. Meine kurzen Erklärungen am Telefon reichten ihm wohl. Er wohnte nicht allzu weit weg. Ich traf mich mit ihm in einem Café in der Innenstadt. Ich sah ihn sofort, denn er hatte mir seine Kleidung sehr genau beschrieben. Sein knallig rotes Hemd unter einem gelben, kurzärmeligen Pullover fiel mir schon beim Betreten des Raums auf.

„Herzlichen Dank, dass Sie bereit waren, sich mit mir zu treffen."

Er nickte kurz und wies mit der Hand auf einen Stuhl an seinem Tisch.

„Setzen Sie sich doch."

Ich saß ihm gegenüber. Er war um die 30 Jahre alt, hatte blondes kurz geschnittenes Haar und trug einen Ring im rechten Ohrläpp-chen. Er schaute mich an und lächelte.

„Ein Herz, in eine alte Parkbank geschnitzt, ein Grabstein, zwei Namen, zwei Schicksale aus längst vergangener Zeit. Was hat sie daran so fasziniert?"

„Ich weiß es nicht. Ist es pure Neugier oder steckt mehr dahinter? Als ich neulich den Grabstein entdeckte, empfand ich das als einen handfesten Wink, woher auch immer, mich wieder mit dem Schicksal der beiden zu beschäftigen. Ich wollte wissen, wie es war, in ihrer Haut zu stecken. Und als ich mit den Kirchenbüchern nicht weiterkam, habe ich halt im Internet gesucht."

Die Kellnerin kam und nahm mürrisch meine Bestellung auf. Mein Gegenüber musterte mich eingehend. Er hatte lebhafte blaue Augen, die unter kräftigen Augenbrauen hervorschauten. Seine Nase war etwas zu groß geraten. Als er sprach, wurden zwei Reihen makelloser Zähne sichtbar.

„Ich habe nach Ihrem Anruf in den alten Fotoalben geblättert."

Er erzählte mir, wie sehr ihn die alten Bilder berührt hatten, wie nahe ihm die Menschen, wie nah ihm seine Vorfahren plötzlich wieder waren.

„Mein Urgroßvater hat Verdun überlebt. Gertrud und Friedrich haben sich sehr geliebt, aber sie erlebten zwei Weltkriege, lebten in einer schlimmen Zeit. Sie hätten miteinander glücklich sein können, konnten aber nicht wirklich glücklich sein."

Ich schaute ihn fragend an.

„Sie wissen, dass die beiden zwei Söhne hatten. Meinen Großvater Friedrich und seinen jüngeren Bruder Wilhelm. Beide sind kurz hintereinander in Russland gefallen."

„Und das war der Grund ..."

„Für den gemeinsamen Selbstmord, meinen Sie? Ja, das war der Grund. Sie liebten sich, konnten aber dennoch nicht weiterleben."

Wir schwiegen lange.

VI.

14 Tage später stand ich am Eingang des Parks. Ich wartete auf Robert Melzer, der unbedingt das Herz auf der Bank sehen wollte. Es war ja gewissermaßen ein Stück Familiengeschichte. Zehn Minuten nach der vereinbarten Zeit, als ich schon zurück in die Stadt gehen wollte, bog eine junge Frau um die Ecke und kam auf mich zu.

„Ich bin Inge, Roberts Schwester. Er kann leider nicht kommen."

Da stand eine junge Frau von klassischer Schönheit vor mir, wie man so zu sagen pflegt. Ihre dunklen Haare fielen in Locken um das fein geschnittene Gesicht, aus dem zwei große, braune Augen mich geradezu unverhohlen musterten. Ich hätte mich am liebsten versteckt, doch wohin.

„Ich gebe zu, ich war auch sehr gespannt darauf, den Mann kennenzulernen, der sich so intensiv für das Schicksal meiner Urgroßeltern interessiert."

Ich stotterte etwas von meiner Freude, ihr das Herz auf der Bank zeigen zu können, während ich krampfhaft versuchte, ihren Blicken standzuhalten. So durcheinander war ich lange nicht mehr gewesen. Sie hatte mich vom ersten Augenblick an verzaubert. Ihre zierliche Figur, ihr freundliches Lächeln, das ihren zarten Mund umschmeichelte, all das raubte mir den Verstand. Ich merke schon, ich gerate ins Schwärmen. Aber wenn ich nur daran denke, wie dieses wundervolle Wesen an meiner Seite anmutig daher schritt, wird mir jetzt noch abwechselnd heiß und kalt. Ich glaubte, sie schon endlos lange zu kennen, obwohl ich sie noch nie vorher gesehen hatte.

Als wir an der Bank standen und sie sich vorbeugte, war es endgültig um mich geschehen. Während sie aufmerksam das Herz mit den beiden Namen betrachtete und dann eine Kamera hervorzog, um es für ihren Bruder zu fotografieren, war ich zu keiner Bewegung mehr fähig. Ich stand da wie die berühmte Salzsäule, wie zu Stein erstarrt.

„Wie schön."

Ihre Schultern zuckten, während sie einige Bilder aus verschiedenen Perspektiven machte.

„Hier haben sie also in ihrer ersten Verliebtheit gesessen, vor so langer Zeit."

Sie blickte zu mir auf und schaute mich fragend an.

„Was ist mit Ihnen?"

„Sie sind wunderschön."

Ganz schön kess für ein bewegungsunfähiges Standbild, das ich noch kurz vorher war. Ich weiß auch nicht, wie ich zu diesen Worten kam. Nachgedacht habe ich jedenfalls nicht.

Sie errötete, sah mich scheu an und senkte den Blick. Nun wurde ich noch mutiger. Ich zog sie sachte an mich. Sie blickte auf und wehrte sich nicht. Ich küsste sie. Und sie ließ es nicht nur geschehen, nein, sie schmiegte sich eng an mich. In inniger Umarmung sanken wir auf die Bank herab. Gertrud und Friedrich, dachte ich

noch, bevor ich beinahe ohnmächtig wurde, sie haben mir Glück gebracht.

Wir werden ein Herz neben das von Gertrud und Friedrich schnit-
zen, wenn wir zusammenbleiben, was ich mir von Herzen wünsche.

3. Fionas Ende

I.

„Ich würde gern eine Keltenhorde gründen", Fiona Weiß blickte zu ihrer Freundin Gerdi hinüber, die wie sie mit gleichmäßiger Geschwindigkeit auf einem Laufband unterwegs war. Sie absolvierten ihr Trainingsprogramm, zu dem sie sich zwei- bis dreimal die Woche im Fitnessstudio trafen.

Gerdi war alles andere als erstaunt, als sie Fiona rufen hörte, denn sie wusste von der „Keltenliebe" ihrer Freundin. Dazu passte auch der Name Fiona, den ihre Eltern ausgewählt hatten, ohne an die Nähe zum gälischen Fionn zu denken.

Nach dem Training gingen die beiden Freundinnen zum Duschen und entschieden sich noch für zwei Gänge in die dem Studio angeschlossene Sauna.

„Mit deinen langen, roten Haaren und der sportlichen Figur könnte man dich glatt für eine Keltin halten. Wenn du eine solche Horde gründest, musst du dich nicht verkleiden."

Fiona lachte, stand auf und gab ein paar Kellen Wasser auf den Ofen. Dampfschwaden stiegen zischend auf und hüllten den kleinen Raum in Nebel.

Gerdi fuhr fort: „Groß und stark bist du und so manchem Mann ebenbürtig. So waren die keltischen Frauen doch auch. Habe ich mal irgendwo gelesen."

Fiona reckte und streckte sich und zeigte sich in ihrer ganzen Schönheit. Dann breitete sie ihr Handtuch wieder sorgfältig auf der Sitzbank aus.

„Fear sam bith a loisgeas a mhàs, 's e fhèin a dh'fheumas suidhe air."

Gerdi schaute Fiona erstaunt an.

„Wer sich den Hintern verbrennt, muss selber darauf sitzen. Ein gälisches Sprichwort."

„Du sprichst gälisch?", fragte Gerdi überrascht.

„Ich habe mich nur ein wenig damit befasst. Klingt doch gut oder?"

Gerdi nickte zustimmend.

II.

Fiona stand in dem Grubenhaus einen Meter tiefer als der umgebende Boden. Sie blickte empor zu dem mit Schindeln gedeckten Dach, das bis zum Boden herabreichte. Sie war nackt. Drei Sklavinnen richteten sie für das Fest der Druiden her, wuschen sie, rieben sie mit kostbaren Salben ein und bemalten ihren Körper an Armen und Beinen mit blauer Farbe. Die langen, roten Haare verbanden sie mit Haarnadeln zu einer hoch aufgesteckten Frisur und strichen ein wenig Kalkmilch darüber.

Eine der Sklavinnen reichte das glatte Unterkleid an, das Fiona bis zu den Knöcheln reichte; das wollene, mit Goldfäden durchwirkte Überkleid in buntem Karomuster folgte. Eines der Mädchen befestigte es mit großen silberfarbenen Fibeln an den Schultern. Ein Gürtel mit nach vorn herabhängenden Zierbändern hielt das Gewand vorn zusammen. Eine Brosche über dem Herzen und ein kostbarer Halsring rundeten das schmückende Beiwerk ab. Fiona schlug einen dünnen Schleier über ihr Haar und wandte sich dem Ausgang der Hütte zu. Die Sklavinnen folgten ihr in gebührendem Abstand.

Schon nach wenigen Minuten erreichte der kleine Zug den Steinkreis auf dem Hügel innerhalb des heiligen Eichenhains. Adair, ein hochgewachsener Druide in weißer Kleidung, mit langem Bart und stechenden Augen erwartete Fiona. Er winkte sie mit einem großen Stab heran, den er aufrecht in der linken Hand hielt.

„Folge mir in die Anderwelt", sprach er mit tiefer Stimme und trat aus dem Steinkreis heraus. Fiona ging hinter ihm her, die Sklavinnen blieben zwischen den mächtigen Granitblöcken zurück.

Der Druide schritt voran den Hügel hinunter. Nebelschwaden wogten zwischen den Bäumen auf und erschwerten die Sicht auf den kleinen Pfad, dem der Druide unbeirrt folgte. Fiona stolperte hin und wieder über die zahlreichen Steine, die auf dem Weg lagen. Nach einiger Zeit, die ihr unendlich lang vorkam, schritten sie über eine steinerne Brücke, unter der ein reißender Bach durch eine wilde Schlucht tobte. Die Gischt kochte und stürzte sich auf die beiden Wanderer. Fiona wich zurück und schloss entsetzt die Augen. Wenig später hörte der höllische Lärm abrupt auf. Tiefe Stille senkte sich herab. Fiona öffnete die Augen wieder und blickte in eine bezaubernde Landschaft mit blühenden Apfelbäumen. Harfenmusik ertönte aus einem gläsernen Palast, dessen Tore weit aufstanden.

Adair ging hinein und ließ sich auf einem lang gestreckten blutroten Kissen nieder, das auf dem Holzboden lag.

„Fiona, setz dich zu mir."

Fiona tat, wie ihr geheißen.

Buntfarbig gekleidete ätherische Wesen schwebten heran und versorgten sie mit Speisen und Getränken. Fiona hatte so etwas noch nie gesehen, doch sie nahm sich ein Beispiel an ihrem Begleiter, der herzhaft zulangte. Sie biss in eine apfelähnliche Frucht. Sie schmeckte gut.

„Die Anderwelt ist ein Ort der Weisheit und Erleuchtung", sprach der Druide, „Krieger erlernen dort die Kampfkunst, Poeten finden ihre Inspiration und wir erwerben magisches Wissen. Hier kann man sich in andere Bewusstseinszustände versetzen und sich außerhalb von Raum und Zeit bewegen. Die Anderswelt ist ein Ort der Heilung und Vollendung. Sie schenkt uns Inspiration, Weisheit und die verlorenen Teile unseres Selbst."

Adair erhob sich und streifte seine Kleidung ab. Dann reichte er Fiona die Hand. Sie stand auf und ließ sich von ihrem Begleiter entkleiden. Der Druide nahm Fiona in die Arme. Sie gab sich ihm ohne Widerstand hin.

III.

Gerdi stand vor Fionas Wohnungstür und drückte zum wiederhol-
ten Mal auf den Klingelknopf. Sie hielt ihr Ohr an das weiß gestri-
chene Holz und lauschte angestrengt. Nichts rührte sich. Sie schüttelte beunruhigt den Kopf. Fiona, dieses Muster an Zuverlässigkeit,
sollte ihre Verabredung ins Fitnessstudio vergessen haben? Das
war so, als hätte der Mond an einem klaren Sommerabend verschla-
fen und wäre nicht am Himmel erschienen. Gerdi klingelte erneut,
ohne Erfolg. Hinter der Tür blieb alles ruhig.

Die Tür gegenüber öffnete sich und Fionas Nachbarin, die alte
Frau Wirtz, schlurfte heraus.

„Meldet sich Fiona nicht?", fragte sie, „das ist merkwürdig, denn
ich bin sicher, dass sie heute ihre Wohnung noch nicht verlassen
hat."

„Ich bin mit ihr verabredet und Fiona ist sonst immer zuverlässig."

Gerdi lief die Treppen herunter und klingelte beim Hausmeister
Schröder Sturm. Kurz und bündig erklärte sie dem Mann, der nach
bangen Minuten die Tür öffnete und sich den letzten Schlaf aus den
Augen rieb, worum es ging.

„Dazu bin ich nur im äußersten Notfall berechtigt", erklärte er Gerdi, die vor Aufregung von einem Bein aufs andere trat.

„Haben Sie nicht verstanden? Es handelt sich um einen Notfall", schrie sie den untersetzten Mann mit der Halbglatze wütend an. Sie hatte ihn wohl beeindruckt, denn er nahm einen Schlüsselbund von einem Brett direkt neben der Tür und folgte Gerdi stöhnend nach oben.

An der Tür angekommen nestelte er am Schlüsselbund herum, als hätte er alle Zeit der Welt, erwischte zweimal hintereinander den falschen, bevor er den dritten Schlüssel ins Schloss steckte und triumphierend umdrehte. Vorsichtig öffnete er die Tür, doch Gerdi schupste ihn zur Seite und stürmte in die Wohnung. Herr Schröder starrte fassungslos hinter ihr her.

Flur und Wohnraum waren aufgeräumt und leer. Gerdi stieß die Tür zum Schlafzimmer auf und schrie laut auf. Zwischen den zerwühlten Kissen lag Fiona lang hingestreckt auf dem Rücken. Ihr von ihren Haaren eingerahmtes Gesicht war kalkweiß. Sie regte sich nicht. Gerdi rannte zu ihr hin und hielt ihr Ohr an Fionas Mund.

„Gott sei Dank, sie atmet noch", murmelte sie. Dann wandte sie sich den beiden zu, die ihr gefolgt waren.

„Herr Schröder, alarmieren sie den Notarzt."

Der Hausmeister zog sein Handy aus der Tasche und wählte die 112.

IV.

Fiona lag in der inneren Abteilung der Klinik. Auch die Zimmernummer war Gerdi bekannt, schließlich war sie bei der Einlieferung ihrer Freundin dabei gewesen. Fiona hatte nur einen Tag auf der Intensivstation gelegen, dann war sie auf Anraten des behandelnden Arztes in ein normales Einzelzimmer verlegt worden. Der sprach von einem schweren Schockzustand, aus dem Gerdis Freundin erst ganz allmählich wieder zum Leben zurückfand. Sie lag die ersten Tage in einer Art Dämmerzustand da, aus dem sie hin und wieder zu erwachen schien. Dann schrie sie laut auf, wälzte sich im Bett hin und her, versuchte sogar aufzustehen, sodass die Krankenschwestern sie mehrfach in verkrampfter Haltung auf dem Boden des Zimmers fanden.

Gerdi betrat den Raum. Fiona lag mit geschlossenen Augen da und flüsterte. Ihr Gesicht wirkte unnatürlich angespannt. Gerdi trat näher heran.

„Ich bin der Wind, der über die See bläst; ich bin die Woge des Ozeans; ich bin das Murmeln der Nebelschwaden; ich bin der Stier der Sieben Kämpfe; ich bin der Geier auf dem Felsen; ich bin ein Strahl der Sonne; ich bin die schönste aller Blumen ...“

Gerdi hörte diese Worte sehr deutlich, doch sie verstand ihren Sinn nicht. Stationsarzt Dr. Brück kam herein und gab Gerdi die Hand.

„Solche Sprüche flüstert sie schon seit heute Morgen. Es sind Sätze, die ihren Ursprung in der keltischen Mythologie haben könnten, denke ich. Ich habe einen Kollegen angerufen, der sich auf diesem Gebiet besser auskennt als ich.“

„Das wäre eine Erklärung“, meinte Gerdi, „meine Freundin will sogar eine Keltenhorde gründen.“

Dr. Brück nickte und meinte, er habe den Kollegen eingeladen, Fiona zu besuchen und mit ihr zu sprechen, wenn die Zeit dafür gekommen sei. Medizinisch gesehen fehle ihr jedenfalls nichts, was einen längeren Aufenthalt in der Klinik rechtfertigen könne.

V.

Professor Schneider, der Dekan der Fakultät für Vor- und frühge-
schichtliche Archäologie an der Universität Bonn, betrat Fionas Zimmer in Begleitung von Dr. Brück. Fiona lag da und schien zu schlafen. Ihre Augenlider zuckten unruhig.

„Lass mich mit ihr allein!"

Hans Schneider schloss sorgfältig die Tür und ging dreimal um
das Bett herum. Dabei murmelte er uralte Sprüche, ohne Fiona, die
still und lang gestreckt unter einer Decke lag, auch nur einmal aus
den Augen zu verlieren. Er lüftete die Decke und ließ sie auf den
Boden gleiten, hob die Hände wie zum Segen und fuhr dann mit
ihnen über Fionas Körper. Die junge Frau stöhnte auf und begann
am ganzen Leib zu zittern.

Als die Krankenschwester eine halbe Stunde später das Zimmer
betrat, war das Bett leer. Fiona war auch nicht im anschließenden
Badezimmer. Die Schwester suchte gemeinsam mit einigen Kolle-
ginnen im ganzen Haus nach der jungen Frau. Sie blieb verschwunden. Sie schaltete Dr. Brück ein und berichtete ihm, was sie bisher
unternommen hatte. Der Stationsarzt wusste auch nicht weiter und
rief seinen Kollegen Schneider an. Er erfuhr, Hans Schneider

komme noch am Abend von einer einwöchigen Tagung aus München zurück. Seine Sekretärin versprach, ihm einen Zettel hinzulegen. Dr. Brück ließ das Telefon sinken und versuchte krampfhaft, Ordnung in seine Gedanken zu bekommen. Zweifellos war sein Kollege, während er weit entfernt in München weilte, zweimal an Fionas Bett gewesen oder der Mann, der am Bett gestanden hatte, war nicht Professor Schneider. Er hatte selbst schon an einer Tagung im gleichen Hotel teilgenommen und hatte die Nummer noch. Kurz entschlossen rief er an und hatte seinen Kollegen nach kurzer Vermittlung an der Strippe.

„Seit wann besitzt du die Gabe der Bilokation?"

Hans Schneider antwortete: „Ich besitze so manche Gabe, wie du weißt, aber das kann selbst ich nicht. Warum fragst du?"

Dr. Brück erklärte ihm kurz die Zusammenhänge.

„Tut mir leid, alter Junge, aber ich war die ganze Woche ununterbrochen in München."

„Du hast gleichzeitig leibhaftig in Fionas Zimmer gestanden. Du warst es, so wahr ich weiß, wie du aussiehst."

VI.

Adair und Fiona verließen das Krankenhaus. Adair drehte sich um, hob die rechte Hand zur Faust und lacht schallend. Dann eilten die beiden mit schnellen Schritten ihrer gemeinsamen Vergangenheit entgegen.

4. Elsa

Elsas Dienstherr gehörte zu den Honoratioren der Stadt, saß im Rat und ging regelmäßig zur Jagd. Diese seine Leidenschaft bezog neben kapitalen Hirschen und mächtigen Keilern auch Weiberröcke ein, mit einem Wort: Er war ein stadtbekannter Schürzenjäger.

Sein Betrieb, eine kleine, aber feine Privatbrauerei, florierte, weil es nach dem Krieg kaum nennenswerte Konkurrenz im weiten Umkreis gab, und er hielt sich ein kleines Heer von Bediensteten. Unter ihnen war auch ein Flüchtlingsmädchen, wie wir Einheimischen die Menschen nannten, die aus dem Osten vertrieben worden waren. Elsa stammte aus Schlesien, hatte reichlich polnisches Blut in den Adern und hätte jeden Schönheitswettbewerb gewonnen, wenn es Derartiges damals kurz nach dem Zweiten Weltkrieg schon gegeben hätte.

Ich möchte nicht lange um den heißen Brei herumreden: Ich hatte mich in das Mädchen verliebt. Anfangs ging ich nur schüchtern an ihr vorbei, wenn sie draußen den Bürgersteig fegte oder beim Verladen half, doch eines Tages fasste ich allen Mut zusammen und sprach sie an.

„Ich wohne hier in der Nachbarschaft", stammelte ich. Sie nickte nur. Ungeschickter hätte ich es auch kaum anstellen können, mit ihr ins Gespräch zu kommen. Fehlte noch die typisch rheinische Frage, womit sie gerade beschäftigt wäre.

Stattdessen sagte ich: „Der Bürgersteig glänzt ja richtig", woraufhin ihr erneut nichts anderes übrigblieb, als mir freundlich zuzustimmen. Später haben wir herzlich über diesen Beginn unserer Freundschaft gelacht.

Es ist also nicht bei diesen ersten tastenden Versuchen geblieben, Elsa meine Zuneigung zu zeigen. Wenig später trug sie einige leere Milchkannen hinaus auf die Straße und wartete auf den Lastwagen aus der Molkerei, der damals noch regelmäßig viele Haushalte direkt belieferte. Ich blieb neben ihr stehen und half ihr, die neuen, vollen Kannen ins Haus zu tragen. Elsa lächelte mich dankbar an und küsste mich schüchtern auf die Stirn.

An einem warmen Sommerabend vernahm ich leises Schluchzen in einem stillen Winkel hinter dem nachbarlichen Fachwerkhaus. Die Herrschaft hatte sie so sehr schikaniert, dass sie es im Haus nicht mehr ausgehalten hatte. Für mich eine wunderbare Gelegenheit, sie zu trösten und ihr endlich näher zu kommen.

Ja, wir wurden an jenem Abend enge Freunde und bald auch ein wenig mehr.

„Du bist der einzige Mensch weit und breit, der nett zu mir ist", gestand sie mir später, „Flüchtlinge werden schief angesehen, weil sie Hilfen vom Staat bekommen, Geld, das den Einheimischen angeblich fehlt."

Auch meine Eltern redeten so daher. An meiner Liebe zu ihr änderte das nichts, zumal ich von ihr erfuhr, dass es mit dem Lastenausgleich, wie die Hilfe für Vertriebene genannt wurde, nicht weit her war.

Als ich Elsa zum ersten Mal küsste und sie den Kuss zärtlich erwiderte, war ich im siebten Himmel.

An einem klaren Sommertag saß ich auf der Mauer, die den Bach, der durch die Stadt fließt, einrahmt, und wartete auf Elsa. Doch sie kam nicht. Da sie mich noch nie versetzt hatte, ging ich davon aus, dass sie plötzlich krank geworden war. In den nächsten Tagen strich ich um die Fabrik herum. Elsa blieb verschwunden.

Ich hielt die Ungewissheit nicht mehr aus und sprach bei den Nachbarn vor. Sie wiesen mich mehrfach von der Tür mit dem Hinweis, das Mädchen sei krank und nicht zu sprechen. Es dauerte zwei Wochen, bis ich sie endlich wiedersah. Elsa kam, eingerahmt von ihrem Dienstherrn und seiner Gattin, einer kolossalen Frau von mindestens zwei Zentnern Lebendgewicht, aus dem Haus und ging mit ihnen eilig davon. Ich erschrak, als ich sie blass, mit gesenktem Kopf und wirren Haaren wie eine zerbrechliche Puppe zwischen ihren Herrschaften erblickte.

Das Gerücht breitete sich wie ein Lauffeuer in der kleinen Stadt aus. Hinter vorgehaltener Hand munkelte man, der ehrenwerte Fabrikbesitzer habe seine Dienstmagd zwischen Maschinen und vollgestopften Säcken vergewaltigt und nun sei dieses Geschöpf aus dem kalten Osten zu allem Überfluss auch noch schwanger. Wenn ich mir im Bekanntenkreis solche Reden verbat, lachten die nur. Dumm gelaufen eben. War ja nur ein Flüchtlingsmädchen.

Doch für mich war kein Halten mehr. Ich nutzte eine Gelegenheit, als die Haustür des stattlichen Fachwerkhauses offenstand, stürmte hinein und lief einen dunklen Gang hinunter, von dem ich wusste, dass an dessen Ende ihre Kammer lag. Ich riss die Tür auf und sah sie auf ihrem Bett liegen. Sie heulte jämmerlich, als ich sie aufrichtete und in meine Arme nahm.

„Vorbei, vorbei", glaubte ich zu verstehen, „er hat mich geschändet. Lass mich allein."

„Niemals", schrie ich.

„Sie haben für mich einen Mann ausgesucht. Den Egon hier aus der Fabrik. Den soll ich möglichst schnell heiraten."

„Das kommt überhaupt nicht infrage. Wir hauen ab. Weg von diesem Pack hier", schrie ich in meiner ungezähmten Wut noch lauter.

Da wurde die Tür von außen aufgerissen, einige Männer stürmten herein und warfen mich kurzerhand auf die Straße.

„Lass dich hier bloß nicht mehr blicken."

Das sagte wohl der, den mein geliebtes Mädchen heiraten sollte. Ein grobschlächtiger, muskelbepackter Bursche mit einem rötlichen Haarkranz um seine Stirnglatze.

Was soll ich noch sagen? Ich war zu jung, um Frau und Kind zu ernähren. Meine Eltern reagierten völlig verständnislos, als die Rede darauf kam. Elsa verschwand mit ihrem Ehemann schon bald für immer aus der Stadt. Für die ehrbaren Bürger war die Akte geschlossen. Ich habe sie nicht vergessen, auch wenn ich bis heute nicht weiß, was aus ihr geworden ist.

5. Notbremse

Der Intercity ratterte seit Stunden über die Gleise. Die Schienen stimmten den immer gleichen, monotonen Rhythmus ihrer unendlichen Melodie an und der Herzschlag der Menschen hatte sich widerstrebend dem geräuschvollen Gleichmaß des dahingleitenden Zugs ergeben.

Ernst Thalmann schreckte schlaftrunken hoch, als sich die Szene von einem Moment auf den anderen in Tumult und Chaos verwandelte. Pfeifen, Rauschen und Quietschen vereinigten sich mit schrillen Schreien und dem dumpfen Aufprall menschlicher Körper zu einem wüsten Konzert. Willenlos der Herrschaft der Fliehkräfte ausgesetzt wurde auch er aus seinem Sitz unsanft auf den Boden des Abteils geschleudert und prallte gegen einen Stahlpfosten der gegenüberliegenden Sitzreihe, während der Zug heulend und zähneknirschend zum Stehen kam.

Mühsam rappelte er sich auf und sah sie dastehen, die Hand um den Hebel der Notbremse gekrallt, starr, mit leerem Blick. Auch andere Insassen des Zugs rafften sich auf, wankten auf sie zu, gestikulierten, schrien. Ein Mann mit einer heftig blutenden Kopfwunde fasste sie grob an der Schulter, rüttelte an ihr wie an einer verschlossenen Tür. Sie stand da in ihrem kurzen Mantel, wie ein Denkmal aus rotem Marmor, unbeteiligt, mit glanzlosen Augen.

Sein Leben an ihrer Seite begann an einem düsteren Wintermorgen. Eingepackt, als bräche er zu einer Expedition in die Arktis auf, gönnte Ernst Thalmann sich nach überstandener Grippe, die er sich trotz Impfung eingefangen hatte, einen Spaziergang zum Stadtpark. Vertieft in das Für und Wider von vorbeugenden medizinischen Maßnahmen stieß er mit einer entgegenkommenden Gestalt zusammen. Aus dem von einem Schal eingehüllten Gesicht stachen zwei graugrüne Augen heraus und verliehen dieser unwirklichen Erscheinung ein unstet flackerndes Leben. Verlegen stotterte er eine Entschuldigung, während sein Gegenüber umständlich ihren Mund aus dem Schal wickelte.

„Sie müssen sich nicht bei mir entschuldigen. Ich war in Gedanken, habe nicht aufgepasst", sagte sie und fügte schüchtern hinzu: „Ich hoffe, Sie haben sich nicht verletzt."

Die junge Frau sprach bedächtig und leise, als sänge sie jeden Satz. Unter der Melodie dieser faszinierenden Stimme begann der neblige Wintertag zu strahlen. Sie drang durch Thalmanns Vermummung hindurch und ließ seine Haut erglühen. Er lud sie zum Tee in ein gemütliches Bistro am Rande des Parks ein. Zu seiner großen Freude sagte sie nach kurzem Zögern zu.

Sie trank den Tee in winzigen Schlucken. Ernst Thalmann spürte, wie sie mit all ihren Sinnen auf seine Worte horchte, bis sie sich zwischen den Eichenbalken an der Decke verloren. Nach kurzer Zeit glaubte er, dieses zauberhafte Wesen schon ewig zu kennen. Eine solch tiefe Wirkung hatte noch nie ein Mensch auf ihn ausgeübt.

Er traf sie, so oft es ihre Zeit erlaubte. Er wollte, musste sich seiner und ihrer Gefühle versichern. Manchmal spürte er, wie sie seinem Werben nachgeben wollte. Doch dann hielt sie das Kästchen, in dem sie ihr geheimnisvolles Leben aufbewahrte, wieder geschlossen. Er kämpfte um den Schlüssel, öffnete, wenn er ihn endlich in Händen hielt, einen schmalen Spalt in ihr Inneres, bevor sie sich wieder entzog.

An einem warmen Frühlingsmorgen hielt sie mitten in einem Satz inne und bat ihn, sie zu ihrem Vater zu begleiten. Freudig sagte Ernst Thalmann zu und wertete diese Bitte als großen Vertrauensbeweis. Sie entschieden sich für eine Fahrt mit dem Zug. Während der Reise saß sie still neben ihm. Nur ihre Lippen bewegten sich hin und wieder, als spräche sie ein nicht enden wollendes Gebet.

Sie fuhren durch das lichtüberflutete Alpenvorland. Die Menschen in ihrem Großraumabteil waren gut gelaunt und bildeten einen lebhaften Hintergrund für ihr Schweigen. Der Griff zur Notbremse veränderte alles. Die ungeheuren Fliehkräfte rissen die Fröhlichkeit mit sich hinweg.

Ernst Thalmann versuchte vergeblich die Leute zu beruhigen. Mit letzter Kraft brachte er seine Begleiterin vor der wütenden Meute in Sicherheit, der Zugführer notiert Name und Adresse und sie verließen an der nächsten Station den Zug.

In einem kleinen Hotel mit Blick auf die Berge mieteten sie sich ein. Sie legte sich erschöpft auf das schäbige Doppelbett und starrte geistesabwesend gegen die Decke.

„Ich kann die Jahre nicht zurückkaufen", hörte er sie unvermittelt sagen, „ich habe mich an mein Weinen erinnert."

Als er sich zu ihr setzte und ihren Kopf in seine Arme nahm, vergrub sie am ganzen Leib zitternd ihr Gesicht in seinem Pullover.

„Meine Mutter", flüsterte sie, „ich hätte ihre Hilfe gebraucht. Sie hätte ihn ...", sie brach ab und schluchzte leise.

„Was hätte sie?", fragte er und drehte ihr tränenbenetztes Gesicht zu sich hin. Sie sah ihn an. Ihr Blick schien aus weiter Ferne zu kommen und sich auf dem Weg zu ihm verloren zu haben.

„Ich kann die Jahre nicht zurück …", flüsterte sie und schien in seinen Armen einzuschlafen.

Als er sie zudeckte, versteifte sich ihr Körper unter seinen Händen, ihre Augenlider zuckten unruhig.

„Seine Hände, seine riesigen Hände … auf meinem kleinen Körper …", sie sprach im Traum, leise, unzusammenhängend, die Worte mit dem Atem hinausstoßend. Er neigte sein Ohr an ihren Mund und verstand.

Als sie aufwachte, blickte sie ihn wie durch einen Schleier an.

„Fang mich auf, bevor ich falle", sagte sie leise und fügte seufzend hinzu: „Du hast mir schon mehr gegeben, als ich haben wollte, bist in meine dunkle Stille eingedrungen und machst alles um mich herum so hell."

Er nahm sie in seine Arme. Sie ließ es geschehen. Behutsam zog er sie aus. Sie ließ es zu, schaute zu ihm hin, als er sich seiner Kleider entledigte und sich zu ihr legte. Sie nahm ihn in sich auf und begann in seiner Liebe ein neues Leben.

Sie verließen das Hotel gegen Mittag.

6. Die Erntehelferin

Ein langes Messer in der einen Hand, eine Maurerkelle in der anderen. Bücken, Spargel unten abstechen, Stange aus der Erde ziehen und in die Kiste legen, mit der Kelle Sand in das Loch schaufeln, bücken, Spargel unten abstechen, Stange aus der Erde ziehen und in die Kiste legen, mit der Kelle Sand in das Loch schaufeln. 7 Tage die Woche bis zu 15 Stunden, 60 Tage lang. Ist eine Reihe durch, kommt die nächste, Folie rauf, Folie runter.

Vorne schuftet Waldemar, kräftig, braun gebrannt, Goldkettchen um den Hals, auf der Brust ein Amulett mit dem Abbild der Jungfrau Maria, rote Schirmmütze gegen die unbarmherzige Sonne. Er ist neu hier auf dem Spargelhof Hillebrand. Waldemar ist Profi, eine Stange ist wie die andere. Vor ihm versteckt sich der Spargel vergeblich.

Eine Reihe hinter ihm arbeitet Melinka. Er dreht sich zu ihr um.

„Woher kommst du?"

„Aus Gniezno."

Sie reist seit sieben Jahren mit dem Bus an. Gniezno hieß früher Gnesen und gehörte zu Preußen.

Sie ernten in der Mittagszeit unbeirrt weiter, im gleißenden Sonnenlicht, bei unbeschreiblicher Hitze. Melinka trägt nur eine kurze graue Hose und ein ärmelloses Baumwollhemd. Eine grüne Schirmmütze wirft einen scharfen Schatten auf ihr Gesicht. Gegen den drohenden Sonnenbrand schützt sie sich mit Sonnenmilch. Faktor 30. Sie sieht, wie manche Männer sie gierig anstarren. Doch zieht sie sich zu warm an, kann sie in dieser Glut nicht schnell genug arbeiten. Sie schaut neidisch auf Waldemar. Der schafft für zwei und liefert prima Ware ab. Je mehr Punkte, umso mehr Lohn. Der betrachtet das Spargelfeld als Fitnessstudio. Was für ein Kerl. Was für ein makelloser Körper.

„Hast Du noch Muskelkater?"

„Nein, immer nur am ersten Tag."

„Schade, dass ich keine Hand freihabe."

„Untersteh Dich."

„Der Hillebrand glotzt zu Dir rüber."

„Na und?"

„Wie hast Du das nur Jahr für Jahr ausgehalten?"

„Hillebrand hat immer korrekt bezahlt."

„Wofür?"

„Für meine Arbeit. Wofür denn sonst?"

Mariusz Trojak taucht vor ihnen auf. Melinka verzieht ihr Gesicht. Der spielt hier neuerdings den Vorarbeiter, seit Jan nicht mehr kommt. Dem Jan hat sie die Stelle gegönnt. Die paar Cent mehr konnte er als Familienvater gut gebrauchen und anständig war er auch immer. Der hat lieber mit angepackt, wenn es tagelang regnete, stand mit seinen braunen Gummistiefeln am tiefsten im Dreck. Mariusz hat sich bei Hillebrand eingeschleimt und der Idiot ist drauf reingefallen. Waldemar hat ihn den „Deutschen" genannt, weil er fast so schlecht arbeitet wie ein paar Einheimische, die es versucht haben. Jetzt tut er überhaupt nichts mehr und kommandiert nur noch rum.

„Geht's noch ein bisschen langsamer?"

„Halt die Schnauze, Mariusz, oder ...?"

„Oder was? Mach Dich nicht lächerlich. Ich brauch nur zu piepsen und Du fliegst."

Mariusz bekräftigt seine Drohung mit einer schnellen Handbewegung, als wolle er einen Vogel in die Freiheit entlassen, und stolziert in seinem neuen blauen Overall an seinen beiden Landsleuten vorbei.

Vor dem Wohncontainer steht Waldemars Transit, zahlreiche Roststellen sind bunt übermalt. In der Blechhütte hat er zunächst den Schimmel von den Wänden gekratzt. Danach sollte man nur genügend lüften, wenn die Fenster nicht verklemmt sind.

Waldemar schiebt Melinka in sein kleines Reich, fünf Quadratmeter. Bett Schaumgummimatratze, Wolldecke, Tisch, zwei Stühle, kleiner Schrank, 2,88 Euro pro Nacht.

„Nur der Pool fehlt", lacht er.

„Toaster und Mikrowelle", Melinka ist beeindruckt.

Waldemar macht den Schrank auf. Konserven für mehrere Wochen.

„Ich zahl doch keine acht Euro am Tag für die miese Verpflegung."

„Hast Du denn eine Kochplatte?"

„Na klar. Hier in der Ecke."

„Was willst Du mit dem Hirschgeweih?"

„Das gehörte meinem Vater. Sein stärkster Hirsch."

„Erzähl mir mehr von Dir, Waldemar."

Waldemar schüttelt den Kopf.

„Später. Zuerst Du. Ein Bier?"

„Warum nicht?"

Melinka und Waldemar stoßen an. Melinka hat sich extra die Wimpern für ihn getuscht. Ihre Augenlider schimmern grün. Sie erzählt ihm von Gniezno, von dem kleinen Bauernhof, auf dem sich ihre Eltern mehr schlecht als recht durchschlagen. Sie können ihr kein Studium bezahlen. Mit dem Geld, das sie bisher verdiente, konnte sie weiterstudieren. Sie möchte Anwältin werden. Doch die Kosten steigen, die Bürokratie schöpft den Rahm ab.

„Bald lohnt es sich vielleicht nicht mehr."

Waldemar nickt nachdenklich. Er schaut Melinka an. Es gefällt ihm, wie ihr Zorn das hübsche Gesicht zart rot färbt. Wie schön sie ist. Waldemar zieht sie an sich, küsst sie zärtlich. Melinka lässt es geschehen. Sie genießt die Nähe dieses hinreißenden Mannes, vergisst ihren Ärger. Die Abendsonne taucht das Innere des Containers in ein sanftes Licht. Licht und Schatten tanzen auf zwei nackten Körpern, die eng umschlungen auf das Bett am Fenster niedersinken.

„Sieh an, sieh an. Erwisch ich euch doch in flagranti. Das wird Deine Frau aber gar nicht freuen, mein, lieber Waldemar."

Mariusz steht wie ein Schatten in der Tür. Melinka reißt erschrocken die Decke hoch und drückt sie hastig an ihren Körper. Waldemar springt aus dem Bett. Splitternackt will er Mariusz an die Gurgel, der schlägt ihm die Tür vor der Nase zu und rennt davon. Waldemar blickt zurück und sieht Melinka, die blass geworden ist und ihn verwirrt anstarrt. Verlegen senkt er den Kopf und geht auf Melinka zu, die wie zur Abwehr ihren rechten Arm hebt.

B. Höllisches Inferno

7. Menschenopfer

E in endloses, glänzendes Metallband, abgewickelt dem Schnittwerkzeug zugeführt, dort in einzelne Platinen, in Rechtecke oder Parallelogramme geschnitten, in die Pressen entlassen. Adam Bürger eilt an riesigen, tonnenschweren Rollen vorbei, läuft vorbei an meterlangen, ratternden Transportbändern, an langen Pressenstraßen, an orange lackierten Robotern, sie reichen Metallteile von Presse zu Presse, lautlos und präzise, Adams Ziel, eine ältere Blechpresse in der hinteren Ecke der Werkshalle, der Stempel arbeitet unkorrekt.

Die Maschine baut sich wie ein riesiger, dunkler Berg drohend vor Adam Bürger auf, er wischt sich den Schweiß von der Stirn, nur nicht nervös werden, Arbeit unter Zeitdruck, daran wird er sich wohl nie gewöhnen.

Adam steht einen Augenblick lang regungslos vor der gewaltigen Anlage, eine hydraulische Presse, ungeheure Kraft, er beginnt mit der Arbeit, prüft die Schalttafel, verschiedenfarbige Drähte, Steckkontakte, Schalter und Schalthebel, auf den ersten Blick alles in Ordnung, vielleicht ein Fehler in der Elektronik, er hebt vorsichtig den Deckel des Schaltkastens ab, beugt sich kurz zu seinem Werkzeugkoffer herunter, entnimmt ein Prüfinstrument.

Kein Fehler in der Elektronik, er verschließt den Kasten wieder, es ist heiß in der Werkshalle, der Schweiß läuft in dicken Tropfen von seiner Stirn, über Wangen und Kinn den Hals hinunter, verschwindet in einem kleinen Sturzbach unter seinem blauen Arbeitsoverall, die seelenlose Maschine macht ihm Angst, sie verweigert sich, lässt ihn nicht an sich heran, wo soll er weitersuchen, warum stellte der bedrohliche Gigant seine Arbeit einfach ein?

Ob Maria schon auf mich wartet? Wir wollten einen langen Spaziergang in den zauberhaften Sommerabend machen. Den Sonnenuntergang genießen. Aber nun kommt diese verfluchte Maschine dazwischen. Ich rufe sie auf dem Handy an, sonst regt sie sich unnötig auf.

Noch ein Stück tiefer wühlt er sich in die stählernen Eingeweide hinein, hinein in die Verbindungsachse zwischen Schalttafel und Stößel, gründlich prüft er alle Kontakte und Verbindungen, am Ende endlich Erfolg, eine winzige Steckverbindung ist unterbrochen, ein lächerlich kleines Detail, er steckt die beiden Drähte wieder zusammen, berührt mit dem rechten Ellenbogen versehentlich den roten

Hebel dicht über ihm, die gewaltige Maschine erzittert und setzt sich ächzend in Bewegung, der mächtige Koloss stöhnt auf wie ein hungriges Tier und entfaltet seine ungeheure Kraft, der Pressvorgang beginnt, wie von Geisterhand.

Rückzug ist angesagt, sich so schnell wie möglich aus dem Bereich zwischen Stößel und Presstisch zurückziehen, solange es noch nicht zu spät ist, doch er bleibt hängen, sein linker Fuß ist eingeklemmt, er zieht, zerrt verzweifelt, doch der Fuß bewegt sich nicht, er schreit, die Geräusche der Maschine übertönen seine Rufe, niemand hört ihn, der Pressvorgang schreitet erbarmungslos voran. Sie will ihn pressen, die verfluchte Maschine, die herzlose Hydraulikpresse, das hungrige Ungetüm, will ihn pressen, habe mich nie verformen lassen, von niemandem, der riesige Stempel schwebt über ihm, rückt immer näher an ihn heran, ich lasse mich nicht verbiegen, auch von dir nicht, gefühlloser Koloss, hektische Rettungsversuche, er quält sich verzweifelt, vergebliche Mühen, die Maschine gibt ihn nicht frei, will ihr Opfer.

Die Menschenopfer bei den Azteken brachten den Göttern ihre Energie zurück. Sie tranken das Blut und verschlangen die Herzen. Dabei empfingen die Opfer das Feuer der Götter in ihren Körpern, als seien sie Gefäße der Göttlichkeit.

Rituelle Opfer, Opfer an der Spitze der Tempelpyramiden, sein Leben verlieren als Opfer, nicht als Opfer der aztekischen Priester im Auftrag der Götter, wohl aber als Opfer moderner Technologie, warum fällt ihm das gerade jetzt ein?, keine Frage, er ist dazu ausersehen, der Maschine ihre Energie zurückzugeben, und Maschinen sind gefräßig, sie öffnen überall ihr Maul und verschlingen Menschen, lüstern, erbarmungslos, überall verschlingen Maschinen Menschen. Adam Bürger versucht verzweifelt sich zu befreien, innerhalb von Sekunden rollt sein Leben vor seinem inneren Auge ab, viel hat er erreicht, glücklich verheiratet, ein Häuschen im Grünen, zwei Kinder, ein Junge, ein Mädchen, aber er hat noch viel vor, sie wollen in diesem Jahr einen Wohnwagen kaufen und mit den Kindern Urlaub am Meer machen, endlich können sie es sich leisten.

Wo ist Adam Bürger?, Anfrage aus der Chefetage, Aufregung im ganzen Betrieb, der Werkschutz, die Kollegen, überall Menschen zwischen den Maschinen wie in einem Ameisenhaufen, alle suchen Adam.

„Wohin hast du ihn geschickt?"

„Zur alten Presse."

„Die ist repariert, die arbeitet wieder." Einer der Männer legt an der Schalttafel in der rechten, hinteren Ecke der Werkshalle den Haupthebel um, der Stempel bewegt sich widerwillig wieder nach oben.

8. Höllisches Inferno

E milio weiß nicht mehr, wo ihm der Kopf steht. Vom nahen Dorf hallt Glockengeläut in verwehten Fetzen herüber. Schweißnass schreit er seinen Frust heraus, seine Ohnmacht, seine Verzweiflung.

Das Feuer hat seine Finca schneller erreicht als erwartet. Juan und er haben mit allem, was ihnen in die Hände fiel, auf die Flammen eingeschlagen. Unzählige Eimer mit Wasser herausgeschleppt und auf die Glut ausgekippt, bis der Swimmingpool leer war. Mit dem Gartenschlauch gegen die Flammen angekämpft.

Doch die Bäume glimmen weiter, knistern verräterisch. Der Wind entfacht überall neue kleine Brandherde. Heiß wie ein Föhn bläst er ihnen entgegen und schürt die Glut. Stichflammen lodern empor. Es raucht an allen Ecken. Die Natur ist verstummt. Wo sonst um diese Zeit Zikaden einen Höllenlärm verbreiten, ist kein Laut zu hören. Kein Vogel, kein Klagen eines Esels, nur das Knistern des Feuers.

Feuerwehrleute Fehlanzeige, kein Löschflugzeug. Emilio ist todmüde und steht verzweifelt vor dem Wohngebäude. Wie erstarrt hält er den Schlauch in seiner Hand, schlapp wie eine tote Python.

Juan biegt um die Ecke, läuft so schnell er kann und reckt die Arme zum Himmel.

Rauchschwaden ringsumher. Die Hitze wird unerträglich. Das Atmen fällt schwer. Eine neue Feuerwand faucht von der Bergkante wie eine riesige gelbrote Katze auf dem Sprung heran. Auf dem Sprung, Emilios Lebenswerk knisternd aufzuzehren.

Meterhohe Flammen schießen hinter dem Kirchturm in den fahlblauen Himmel, schwefelgelbes Licht, Funkenflug. Der Gegner ist zu stark, zu übermächtig. Als rücke er direkt aus der Hölle an.

„Wo bleibt das Wasser? Hast du den Hahn aufgedreht?"

„Es gibt kein Wasser mehr. Wir müssen weg. Komm, solange noch Zeit ist."

„Ich soll aufgeben?"

„Was denn sonst? Jetzt komm! Wir nehmen den Weg durch die Plantage."

Die Touristen sind vor der Feuerkatastrophe längst in Sicherheit gebracht worden. Juan und Emilio blieben. Gegen den Willen ihres Freundes Antonio von der örtlichen Polizeikommandantur. Überall kam es zu Auseinandersetzungen mit der Polizei. Viele wollten ihre

Besitzungen nicht verlassen. Szenen wie aus einem Katastrophen-film, wie beim Auszug aus Ägypten.

Juan zieht Emilio zum Auto. Hoffentlich springt der alte Golf an. Die Hitze ist kaum noch auszuhalten. Der Sommer zeigte keine Schattenseiten. Kein Tropfen Regen seit Wochen. Das Thermome-ter bei 40 Grad wie festgefroren.

In der heißen Luft, die seit Tagen aus Afrika herüber weht, bren-nen die Wälder wie Zunder. Das Feuer springt von Wipfel zu Wipfel, überwindet alle von der Feuerwehr geschlagenen Brandschneisen. Windböen fachen es immer wieder an, Feuersbrünste züngeln wei-ter und weiter.

Sitzen sie schon in der Falle?

Die elektrischen Außenleitungen beginnen zu schmelzen. Die fortschreitende Glut bedroht Mensch und Tier. Wo sind eigentlich die versprochenen Löschhubschrauber?

Sicher dort, wo Politiker um ihre Häuser bangen. Was zählt da schon Emilios Lebenswerk? Das Lebenswerk eines kleinen, unbe-deutenden Mannes? Der Frust sitzt tief.

„Gott sei Dank, die Kiste rührt sich."

Juan legt den Gang ein, steuert den Wagen weg von der Finca, weg vom Feuer, weg von dem Stück Land, das bis heute ihre Heimat war. Emilio blickt sich um. Das Feuer rückt näher, immer näher. Hoffentlich ist die Straße zur Küste noch frei.

„Dieser Hund. Wollte er allen zeigen, dass er unersetzlich ist? Oder saß der Frust so tief, weil er entlassen werden sollte?"

„Hat dieser Kerl nicht die Feuerwehr gerufen?"

„Ja, als es längst zu spät war."

„Wenn er vor mir stünde, ich würde ihn - mit diesen Händen - ins Jenseits befördern."

„Und wem wäre damit gedient?"

„Brandstiftung ist ein niederträchtiges Verbrechen. Wenn die Behörden die Täter nicht konsequent verfolgen und hart bestrafen ..."

„... übst du Selbstjustiz. Wach auf, Emilio, du weißt doch selbst, dass auf den abgebrannten Stellen ganz schnell gebaut wird. Erst der Brand, dann die Spekulanten. Das muss zuerst aufhören."

Dieser elende Forstgehilfe spielte Schicksal. Schicksal für unzählige Menschen, deren Existenz er zerstörte. Ob er daran dachte, als er das Feuer legte? Indem er viele Hektar Wald, viele Häuser und Gehöfte vernichtete, gefährdete er das Leben unzähliger Menschen.

Wer ist dieser Kerl, der sich zum Herrn über Leben und Tod aufschwang? Soll er einfach so weiterleben? Kann es eine passende Strafe geben, die dieses Verbrechen aufwiegt?

Ein Löschhubschrauber kreist über dem Wagen, in dem Juan und Emilio der Hauptstadt entgegen rumpeln.

„Zu spät."

Das Propellergeräusch versinkt im Aufruhr der tosenden Feuerwalze hinter ihnen. Juan tritt das Gaspedal bis zum Anschlag durch. Der Wagen fliegt förmlich über die unebene, mit Schlaglöchern übersäte Piste.

Während ein weiterer Hubschrauber über sie hinweg auf das Feuer zu donnert, taucht hinter einer Kurve die befestigte Straße auf. Juan hat das schwankende Gefährt sicher im Griff und schafft es, den schlimmsten Löchern auszuweichen.

„Nicht so schnell."

„Bete zu Gott, dass wir noch schnell genug sind. Sieh nach vorn."

„Mein Gott."

Leichenblass starrt Emilio aus dem Wagen. Von Süden nähert sich eine weitere gewaltige Feuersbrunst. Beinahe hat sie die einzige Straße erreicht, über die sie in ihrem alten Golf noch aus der

Flammenhölle hinab zur Küste fliehen können. Der Wind hat zuge-nommen und treibt das Feuer mit großer Geschwindigkeit vor sich her.

Windeseile, denkt Emilio. Dieses Wort fällt ihm ein und drängt sich zwischen ihn und seine Todesangst. Plötzlich nimmt es eine grauenhafte Bedeutung an.

„Hast du Emilio erreicht?"

„Er meldet sich nicht."

„Das kann doch nicht wahr sein."

„Beruhige dich, er ist bestimmt schon in Sicherheit."

Antonio steht mit einem Kollegen auf dem Hof der Kommandantur und schaut sorgenvoll nach Norden. Dicke, rotgelbe Rauchwolken steigen wie Nebelschwaden hinter den Bergen auf und verdunkeln den Himmel. Asche rieselt auf die Männer herab.

„Wir werden den Kampf die ganze Nacht fortsetzen."

„Aber dann müssen wir auf die Löschflugzeuge verzichten."

„Versuch noch einmal, Emilio zu erreichen."

Juan holt aus dem alten Wagen heraus, was noch herauswill.

Wenn die Flammen vor ihnen die Straße erreichen, ist ihnen der rettende Weg zur Küste abgeschnitten.

Unaufhörlich rast das Feuer weiter.

Im Innenraum des Wagens mischen sich Hitze und Angst zu einem höllischen Cocktail und treiben den Schweiß aus allen Poren.

„Wir sitzen wie Kaninchen in der Falle."

„Wir müssen es schaffen."

„Glaub mir, das Feuer ist schneller."

„Wir geben nicht auf, Emilio. Niemals."

Bei Temperaturen weit über 40 Grad wühlt sich der Wagen mit seinen beiden Insassen durch dichten Rauch. Ein prasselndes, loderndes Feuermeer schiebt sich näher, ihnen und der Straße entgegen. Die Zeit schmilzt unter der Hitze dahin.

Juan drischt auf das Gaspedal. Der Wagen bäumt sich noch einmal auf wie ein Pferd unter der Peitsche, während das Feuer die Straße erreicht. Von allen Seiten züngeln die Flammen heran. Der Wind treibt sie vor sich her.

Blitzschnell sind sie von Flammenwänden eingeschlossen-sen. Die Welt färbt sich rot.

„Ich komme mit dem Handy nicht durch. Das Netz ist überlastet."

Während Antonio fieberhaft versucht, eine Verbindung zu Emilio herzustellen, wird dessen Wagen vom Feuer überrannt.

Zwei Männer sterben in den Flammen.

9. Kreuz-Fahrt

Die Gangway schwankt wie ein schwacher Ast im Wind, treibt mich hin und her. Mir schwindelt. Ich schlage mich mühsam zum Deck des Schiffs durch. Endlich an Bord. Endlich Urlaub, kein quälender Terminstress mehr. Besatzungsmitglieder, Animateure, Mitreisende um mich herum, der Beginn einer Kreuzfahrt in die Karibik.

„Bitte Ihre Nummer."

Freundliches, routiniertes Lächeln. Blaue Uniformen, tadellose Bügelfalten. Meine Bordkarte, Zahlungsmittel, Erkennungskarte bei Landgängen. Ein kurzer Fototermin. Routine. Der Stewart nimmt meine beiden Koffer aus rotem Leder.

Endlose Gänge, blassgelbe Farbe an den Wänden, grelle Beleuchtung aus unzähligen runden Deckenlampen. Künstlich, kalt. Wir halten an einer Kabinentür in dunkelblau. Nr. 354, außen. Er öffnet.

„Bitte treten Sie ein."

Gemütlicher Raum, leicht verschmiertes Bullauge. Braune Schranktüren, exakt gefaltete Bettdecken. Mein Begleiter setzt die Koffer in einer dunklen Nische ab.

„Willkommen an Bord. Ich wünsche Ihnen eine angenehme Reise."

Trinkgeld.

„Welcome-Drink auf dem Pooldeck um 10.30 Uhr."

„Vielen Dank."

Taumelnd blicke ich mich um, stoße mit dem rechten Knie an die Kante einer Sitzbank. Auf dem kleinen, hellbraunen Tisch daneben zwei Pralinen, in rotes Papier gepackt. Ich blicke mich um und versuche, meine Augen an die neue Umgebung zu gewöhnen.

Ein junger Mann eben im Eingangsbereich. Er sah gut aus. Er blickte kurz herüber, nickte mir zu. Dann wurde ich durch die Formalitäten abgelenkt.

Koffer auspacken, Einräumen. Eingewöhnen. Gedankenlos packe ich aus. Sein Gesicht hinter Pullis und T-Shirts. Diesen Rock ziehe ich heute Abend an. Ich werfe ihn auf den Tisch, während ich ein leichtes Schlingern ausbalanciere.

Ein Blick auf die Uhr. Es wird Zeit für das Pooldeck. Ich kleide mich um, leger ist angesagt. Blick aus dem verschleierten Bullauge. Kaimauern, trostlose Hafengebäude. Vorsichtig taste ich mich aus der Kabine, schließe die Tür. Ein Schatten an der blassgelben Wand, ein dunkler Schatten fällt auf meine Augen, verschwindet wieder. Der Gang liegt vor mir, öde, verlassen. Die Wände halten verstohlen den Atem an, als wollten sie mich belauschen. Das Schiff dröhnt unter meinen Füßen. Wie ein Erdbeben, 4,5 auf der Richterskala, nach oben offen. Mein Körper vibriert. Kurzer Blick auf meine weißen Schuhe. Sie verschmelzen mit dem hellen Bodenbelag, verlieren ihre Konturen. Gespenstisch, unwirklich. Der Schatten auf der blassgelben Wand, er löste sich in Rauch auf, verschwand wie ein Phantom. Der lange Gang vor mir menschenleer. Nur das Stampfen der Maschinen tief im Bauch des Schiffs. Ein unwirkliches Rumoren wie aus einer anderen Welt. Weit entfernt, zitternd wie der Boden unter mir. Das Schiff läuft aus.

Ich taste mich vorwärts, erreiche eine schmale Treppe, steige empor. Niemand begegnet mir. Der Pool liegt auf dem 11. Deck. Ich suche den Aufzug, drücke auf den roten Knopf. Die Türen schließen sich. Mit einem leichten Ruck setzt der Lift sich in Bewegung, gleitet elegant, fast lautlos nach oben. Graues Metallinterieur, zwei Spiegel. Ich sehe blass aus. Das surrende Geräusch wird heller. Deck 11. Die Tür öffnet sich. Ich trete hinaus in das gleißend helle Tageslicht.

Rechts von mir Stimmengewirr, lautes Lachen. Wasser spritzt auf. Gläser klirren. Das Schiff durchfurcht sanft die Hafengewässer. Wir sind auf Kurs. Vor uns ein blaugrüner, unendlicher Spiegel bis zum Horizont.

An der Bar überreicht mir ein braun gebrannter, junger Mann in schicker, hellblauer Uniform einen Cocktail in kräftigen Farben.

„Willkommen an Bord. Auf eine schöne Zeit."

Die fröhliche Stimmung steckt an. Erwartungsvoll blicke ich mich um.

Da sehe ich ihn wieder. Er lehnt an einem Pfeiler und schaut zu mir herüber. Ganz offen. Unverschämt. Ich fühle mich unsicher, verletzlicher als sonst.

Mir fällt mein letzter Termin an der Außenalster ein. Fotos im Bikini. Für eine Frauenzeitschrift. Da saß er auf einer Bank und schaute zu. Sein blondes, in die Stirn fallendes Haar, das er von Zeit zu Zeit nach hinten streifte. Als er dasaß, wich meine Sicherheit. Ich war fahrig und unkonzentriert, der Fotograf verzweifelt. Als ich zu der Bank hinging, war er verschwunden.

Mit dem Drink in der Hand schlendere ich auf den Mann zu. Vermeide, ihn anzublicken. Ich lächle fremden Menschen zu. Sie lächeln zurück. Ich fühle mich beobachtet, spiele Theater, spiele eine

Rolle, für ihn. Er zwingt mich dazu. Ich komme ihm näher, blicke auf. Er ist verschwunden.

Ich weiß nicht, was er von mir will. Für einen Augenblick steht die Zeit still, die Menschen an Deck stehen starr und unbeweglich da. Nur das Schiff schraubt sich weiter durch die endlose See. Einer der Animateure kommt auf mich zu, will mich zu einem der geselligen Spiele entführen.

„Vielen Dank. Vielleicht ein anderes Mal."

In seinem Blick spiegelt sich eine Mischung aus Bewunderung und Enttäuschung.

Nun ja, ich sehe wirklich nicht schlecht aus. Modell seit acht Jahren für alles, was man an- oder ausziehen kann, erfolgreich, vermögend, gestresst. Eine Schnapsidee, auf einem Kreuzfahrtschiff unterzutauchen statt mit meiner kleinen Jacht zwischen Mallorca und Ibiza herumzuschippern. Die ersten Falten?

„Sie kommt allmählich in die Jahre."

Getuschel hinter meinem Rücken.

Doch hier auf diesem Schiff treffe ich auf Menschen, die ihre Garderobe nicht in den ersten Häusern kaufen, nicht in Rom oder Paris. Sie kennen mich nicht. Claudia Schiffer würden sie erkennen. Ich bin eher ein Geheimtipp. Bald ein abgehalfterter Geheimtipp? Noch ein paar Jahre, dann muss ich mein Leben neu planen. Doch jetzt will ich diese Kreuzfahrt genießen. Wenn er mich lässt.

An der Reling. Mein Haar bauscht sich im leichten Fahrtwind auf. Das Schiff furcht tiefe Rinnen in den blauen Wasserspiegel. Weiße Schaumkronen. Volle Fahrt voraus. Ich setze mich in einen leeren Liegestuhl, schließe die Augen und achte auf die vielen Geräusche, auf den Geruch des Meeres. Salzluft, Weite, Ferne. Eine Möwe landet auf einem grün gestrichenen Gitter, blickt hastig zu mir herüber und hebt wieder ab. Viele von ihnen verfolgen das Schiff, fliegen mit lautem Kreischen über- und untereinander hinter ihm her. Hoffnung auf Abfälle, auf Speisereste, die sicher reichlich anfallen.

Dann zurück zum Aufzug. Hinunter in den Bauch des mächtigen Schiffs. Die Treppe, der blassgelbe Gang. Die Tür zu meiner Kabine. Ich trete ein und spüre sofort die Veränderung. Mein Instinkt, hellwach. Meine Augen streifen durch den Raum von einem Ende zum anderen. Blitzschnell erfasse ich die Lage. Der Stapel Wäsche, der noch auf dem Tisch liegt. Jemand hat ihn durchwühlt. Mein roter BH fehlt. Vorsichtig schleiche ich mich zum Badezimmer, stoße die Tür mit einem Ruck auf. Leer. Erschöpft sinke ich auf den Rand der Wanne. Das Schiff ruckt kurz. Ich klammere mich an einen Haltegriff und schreie. Kann nicht aufhören, schreie meine Angst heraus.

Schließlich lasse ich Wasser in die Wanne laufen. Ein kurzes Bad. Nur mit einem Handtuch bekleidet suche ich aus, was ich beim ersten Dinner tragen möchte. Mein weißes Abendkleid, dunkelblaue Schuhe, ein Perlencollier, meine Abendtasche von Louis Vuitton. Ich werfe das Handtuch auf das schmale Bett, betrachte mich aufmerksam im Spiegel, bin nicht ganz zufrieden.

Die See wird unruhig, das Schiff auch. Mühsam erreiche ich eins der Restaurants. Neidische Blicke der Damen, bewundernde der Herren. Ich genieße leicht taumelnd meinen Auftritt. Traumhaftes Dinner. Small Talk an einem Tisch mit zwei Ehepaaren aus Essen. Wie passend. Stammgäste, wie sich im Laufe des Abends herausstellt. Doch das bewahrt sie auch nicht vor leichter Übelkeit. Verabschiedung, bevor mein Unwohlsein krankhafte Formen annimmt. Ich fühlte mich den ganzen Abend über beobachtet.

Aber erst beim Hinausgehen sehe ich ihn an einem kleinen Ecktisch in intensivem Gespräch mit zwei jungen Leuten. Er beobachtet mich aus den Augenwinkeln. Seine Blicke. Ich fühle mich, als sei ich nackt.

Hastig verlasse ich den Saal. Meine Nerven liegen blank. Auch das bordeigene Fernsehprogramm beruhigt mich nicht. Unruhiger Schlaf. Ich träume von ihm.

Für den nächsten Morgen habe ich einen Helikopterflug gebucht. Kurzer Blick in die Bordzeitung. Bequeme Kleidung. Kurzes Frühstück. Eine kleine Gruppe wartet schon. Er ist auch schon da, hat mich noch nicht gesehen. Blitzschnell mache ich kehrt und stürze Hals über Kopf in meine Kabine zurück, schließe mich ein. Mein Telefon klingelt. Ich hebe nicht ab. Dann dreht sich die Kabine zu einem braunroten Wirbel zusammen.

Als ich wieder zu mir komme, liege ich zusammengesunken am Boden. Mein linker Ellenbogen schmerzt heftig. Eine kleine Schürfwunde am Unterarm. Jemand pocht an meine Kabinentür. Erst leise, dann heftiger. Mein Kopf dröhnt.

Erst Stunden später erwache ich erneut aus tiefer Bewusstlosigkeit, rappele mich auf und versorge die Wunde. Diese Reise wird immer mehr zu einem grässlichen Albtraum, aus dem ich nicht erwachen kann.

Spät am Abend schleppe ich mich nach oben. Schritte hinter mir. Ich drehe mich um. Da steht er am Ende des fahlgelben Gangs. Ungeniert blickt er mich an.

„Sie kommt zu sich."

Einer der Ärzte beugt sich über mich. Eine Krankenschwester tupft mit einem Tuch über meine schweißnasse Stirn. Ein heller Raum. Die Krankenabteilung. Ich stöhne auf. Das Schiff erzittert.

„Wir laufen wieder aus."

Stunden später erfahre ich, dass mich einer der Passagiere auf dem Boden des Gangs gefunden hat.

„Er hörte einen dumpfen Aufprall und eilte Ihnen sofort zu Hilfe."

Ich schreie, schreie mein Entsetzen heraus. Sie versuchen, mich zu beruhigen. Sie rufen den Kapitän.

„Sie sind unmittelbar vor Ihrer eigenen Kabine ohnmächtig geworden. Er hat Sie in ihre Kabine gebracht. Andere Passagiere haben den Arzt benachrichtigt."

„Wo ist er jetzt?"

„Ich weiß es nicht. Ich schicke ihn zu Ihnen, wenn ich ihn ausfindig gemacht habe."

„Das ist nicht nötig."

Er hat mich in meine Kabine geschleppt. Was hat er mit mir angestellt? Viel Zeit blieb ihm nicht. Und nun ist er verschwunden, als habe ihn der riesige Bauch des Schiffs verschluckt.

Die Geschichte verbreitet sich wie ein Lauffeuer. Die Mitglieder der Crew, die Gäste, alle sind sehr freundlich zu mir.

„Sie sollen sich wohlfühlen."

Er taucht nicht mehr auf. Ich beginne aufzuatmen, gewöhne mich an den Rhythmus an Bord. Die Tage vergehen wie im Flug. Freundliche Gespräche, unterhaltsame Spiele, Sport und Shows. Ein Blick aus dem Saunafenster aufs Meer. Überwältigend. Obst auf silbernem Tablett. Gigantische Lasershow am Farewellabend. Abrechnung mit meiner Kreditkarte. Einfahrt in den Heimathafen. Ich schüttele beim Abschied viele Hände. Einige händigen mir freundlich ihre Visitenkarte aus.

„Wann sehen wir uns wieder?"

Ich gehe von Bord. Mein Blick schweift über die weiten Hafenanlagen. Dann sehe ich ihn. Er steht im Schatten einer grün gestrichenen, hohen Kaimauer und schaut zu mir herüber.

10. Unwirklich

I.

Ich schlage schweißgebadet meine Augen auf. Mein erster Blick fällt auf das Papier vor mir auf dem Tisch. Es ist eng beschrieben, obwohl ich eingeschlafen bin, bevor mir auch nur eine einzige Zeile eingefallen war. Und nun beschrieben wie von Zauberhand. Ich blicke auf meine Finger. Blaue Flecken. Frisch. Ich führe die Finger an die Nase. Sie riechen intensiv nach Tinte. Ratlos nehme ich den Bogen auf, lese, erlebe mit jedem Wort noch einmal den Albtraum der vergangenen Nacht.

Ich wandere durch meine Heimatstadt. Ich war lange weg. Alles ist fremd und unheimlich. Über der Stadt lastet eine bleigraue, trostlose Stille. Niemand begegnet mir. Kein Laut ist zu hören.

Schon von weitem sehe ich das Eingangsportal meines Elternhauses, das zu einem geräumigen Innenhof führt. Das Tor öffnet sich und ein Mann tritt heraus. Er ähnelt mir in Größe und Gestalt, wenn auch seltsam dünn und abgemagert, und schaut mich mit glanzlosen Augen an.

Je näher der Mann kommt, umso größer mein Entsetzen. Das Gesicht des Fremden, Gang und Haltung, Gesten, Kleidung. Kein Zweifel mehr. Mein Abbild wie eine Karikatur meiner selbst. Der Mann schleicht an mir vorbei, grinst ausdruckslos und beschleunigt seine Schritte. Ich folge ihm wie ein Schatten. Der Mann bewegt sich völlig lautlos als schwebe er. Ich höre dagegen deutlich meine Schritte auf dem löchrigen Pflaster. Vor einer klobigen Mauer macht der Mann halt. Ein kleines Tor öffnet sich wie von Geisterhand. Eine junge Frau tritt heraus. Es ist Laura, die ich einst über alles liebte. Ich fühlte mich eins mit ihr, die ich in meinen Gedichten erschuf. Sie war wie ein Spiegelbild meiner Seele, meiner Sehnsucht nach Liebe und Schönheit. Ich liebte sie und verlor sie, als ich meine Gedanken an sie verlor.

Ich beginne zu zittern. Da steht sie jung und strahlend. Der Mann geht auf sie zu. Sie läuft ihm entgegen und fällt ihm begeistert um den Hals.

Der Fremde dreht sich triumphierend zu mir um. Ich höre ihn flüstern, als spräche ich mit meiner eigenen Stimme.

„Du Narr, sie wäre dein Glück gewesen, doch du hast nichts verstanden."

Ein dunkler Schatten senkt sich auf mich herab, droht, mich zu ersticken. Es ist mir, als ob der Fremde mir das Leben aus dem Körper saugt.

II.

Zwei Männer verhaften mich vor meinem Haus. Sie bringen mich zu einem finsteren Gebäude in einer dunklen Gasse am Stadtrand. Hier bin ich zur Schule gegangen. Das Gebäude dient nun als Untersuchungsgefängnis. Sie schleppen mich in einen kleinen Raum ohne Fenster. Eine Glühlampe hängt über einem Tisch von der Decke herunter. Sie stoßen mich auf einen Stuhl vor dem Tisch.

Das Verhör beginnt. Ein vierschrötiger Beamter in einer schwarzen Uniform sitzt mir gegenüber, das graue Haar sorgfältig gekämmt, grobe Hände, an deren Fingern klobige Ringe stecken. Er fordert mich zu einem Geständnis auf.

„Wir wissen alles."

Ich schüttele hilflos den Kopf. Verzweifelt rutsche ich auf dem unbequemen Stuhl hin und her. Die Männer, die mich hergebracht haben, stehen da wie eine unüberwindliche Mauer. Doch ich denke nicht an Flucht. Wie auch und wohin? Ich blicke in das sonnenge-gerbte Gesicht mir gegenüber. Ein Gesicht wie ein zerklüfteter Fels. Ein Zucken, eine leichte Bewegung.

Die beiden Männer packen mich, schleppen mich hinaus. Ich ver-liere das Bewusstsein. Als ich wieder zu mir komme, liege ich nackt auf dem kalten Steinboden. Sie schlagen mich mit langen Knüppeln. Dann bringen sie mich in eine leere Zelle und spritzen mich mit eis-kaltem Wasser ab.

„Überleg dir genau, was du morgen sagst."

Ich verbringe eine schlaflose Nacht in der Zelle. Mir ist kalt. Ich zittere am ganzen Leib. Völlig in mich zurückgezogen kauere ich am Boden. Die Kälte umgibt mich wie ein Panzer, lässt mich nicht los. Es ist stockfinster. Mein Körper, gezeichnet von den rücksichtslosen Schlägen, schmerzt. Jede Bewegung tut mir weh.

Dann öffnet sich endlich die Gittertür. Die Männer packen mich unsanft und werfen mich auf die Straße.

„Lass dich hier nie wieder blicken."

Ich rappele mich auf und schleppe mich stöhnend nach Hause. Es ist früher Morgen. Die wenigen Laternen werfen ihr schütteres Licht auf die nassglänzenden Straßen. Die Stadt ist menschenleer. Ich zittere unter der Feuchtigkeit auf meiner nackten Haut. Der Weg kommt mir endlos vor. Als ich endlich meine Wohnung erreiche, steht die Tür offen. Ich taumele hinein und sinke erschöpft auf den Fußboden.

Als ich wach werde, schaue ich erschrocken auf den Schreibtisch. Das leere Blatt Papier, vor dem ich gestern Abend einschlief, ist von oben bis unten beschrieben. Ich beuge mich vor und lese erneut von meinen Erlebnissen der vergangenen Nacht. Was ist mit mir geschehen? Ich war sicher, dies alles in seiner ganzen Grausamkeit wirklich erlebt zu haben. Doch ich bin nicht nackt, keine Spuren von Prügeln auf meinem Körper.

Mein Blick fällt auf den Spiegel an der Wand. Mir ist, als sähe ich die beiden Männer aus dem Albtraum der vergangenen Nacht, wie sie mich aus der Wohnung schleppen. Sie lassen die Tür offen und verschwinden mit mir in der Dunkelheit. Ich schließe entsetzt meine Augen.

Als ich sie wieder öffne, sehe ich im Spiegel einen riesigen Füllhalter mit einer fein ziselierten goldenen Feder. Er winkt mir zu. Führt er ein Eigenleben? Ist er für alles verantwortlich, was mit mir geschieht? Ich sehe ihn nicht zum ersten Mal. Je tiefer ich in die Welt des Horrors versank, umso öfter erschien er mir, umso deutlicher wurde er. Zunächst war es eine Halluzination mit unscharfen Konturen. Doch von Tag zu Tag, von einem Erlebnis zum nächsten nahm er klarere Formen an, bis ich ihn schließlich mit Händen greifen konnte und er Gewalt über mein Leben und meine Arbeit gewann. Er lenkte fortan meine Fantasie, ließ mich alles so intensiv erleben, dass ich zwischen Geschriebenem und der Wirklichkeit nicht mehr zu unterscheiden vermag.

Als ich mich zum Tisch umdrehe, liegt er neben einem neuen, eng beschriebenen Blatt.

III.

Ich betrete die lärmende, verräucherte Diskothek dicht hinter Theresa. Sie spürt meinen Blick in ihrem Rücken nicht, schmiegt sich an diesen schmierigen Typen, hat nur Augen für ihn. Die beiden drängeln sich auf die gespenstisch beleuchtete Tanzfläche, tanzen eng umschlungen.

Ich schaue ihnen zu. Warum tanzt sie mit diesem Kerl? Merkt sie nicht, worauf sie sich einlässt? Sie ist noch so jung.

Der Mann flüstert ihr etwas zu. Sie nickt. Die beiden gehen nach draußen.

Ich folge ihnen. Tief atmet Theresa die kühle Luft des mondhellen Vorfrühlingsabends ein. Ihr Begleiter küsst sie ungestüm, sie wehrt sich kaum.

„Komm, wir gehen noch ein paar Schritte."

Der kleine, dunkle Park im Herzen der Stadt. Gebüschgruppen klammern sich in die Rasenflächen. Blätter rascheln leise im Wind. Theresa fröstelt. Er legt ihr seine Jacke um.

Dann geht alles sehr schnell. Mehrere Männer stürzen plötzlich aus dem Dunkel auf die beiden zu. Der Kerl an Theresas Seite kennt sie, er hat sie offensichtlich erwartet. Er reißt ihr seine Jacke von den Schultern. Theresa erstarrt vor Angst.

„Bedient euch."

Johlen, Lachen, Hohn und Spott. Sie zerren Theresa ins Gebüsch, reißen an ihren Kleidern, bis sie in Fetzen von ihrem Körper herabhängen. Halb nackt ist sie ihren Blicken ausgesetzt. Sie sind wie Tiere, packen sie, fassen sie überall an. Sie reißen ihr die Beine auseinander. Sie wehrt sich, kratzt, schlägt, beißt, dreht und windet sich. Rücksichtslose Hände packen immer fester zu, verdrehen ihr die Arme, biegen ihren Kopf nach hinten, ersticken ihren Widerstand.

Dann fallen sie über sie her, einer nach dem anderen, brutal, gierig, dringen roh in sie ein, lassen sie schließlich halb tot am Rand des Gebüschs liegen und gehen. Sie stöhnt, liegt regungslos da.

Ich muss alles mit ansehen. Ich kann mich nicht bewegen. Mir ist, als liefe ein schlechter Film ab. Eine düstere, unwirkliche Szenerie. Ich verliere die Besinnung, der Park verblasst vor meinen Augen.

Ich sitze am Tisch und kann nicht glauben, was ich da lese. Ich kenne sie, die junge Frau aus der Nachbarschaft, die mich jedes Mal anlächelt, wenn sie mir begegnet. Ich wusste nicht, dass sie Theresa heißt.

Ich packe meinen Füllhalter, stecke ihn in die Brusttasche meines Jacketts und verlasse meine Wohnung. Ich muss Theresa unbedingt warnen.

Im Tagesspiegel findet sich am nächsten Tag eine kurze Notiz. Im Stadtpark fand man Theresa M., die von mehreren Männern vergewaltigt und dann liegen gelassen wurde. Die Polizei sucht intensiv nach den Tätern und bittet alle, die in der Nacht in der nahegelegenen Diskothek waren und etwas beobachtet haben, um Mithilfe.

Was soll ich tun? Was bisher nur von dem geheimnisvollen Füllhalter auf meinem Schreibtisch niedergeschrieben wurde, ist zum ersten Mal schaurige Wirklichkeit geworden. Soll ich der Polizei mitteilen, dass ich Theresa gesucht, aber nicht gefunden habe? Soll ich ihr das Geheimnis des Füllers offenbaren? Niemand wird mir glauben. Es gibt vielleicht einen Weg, weiteres Unheil abzuwenden. Ich gehe zum Schreibtisch, nehme den Füller, zerbreche ihn und werfe ihn ins Feuer.

Müdigkeit erfasst mich, mein Kopf sinkt auf die Schreibtischplatte. Als ich wach werde, blicke ich auf den Bogen Papier auf meinem Schreibtisch. Er ist leer.

C. Ein Griff in die Vergangenheit

11. Wontria

I.

Im Land Wontria, in dem die Sonne nicht untergeht und Regen nur selten fällt, spielt die folgende Geschichte und sie erzählt nicht nur von fröhlichen Tagen.

Die Bewohner Wontrias leben in Frieden und Eintracht zusammen. Sie kommen gut miteinander aus und helfen sich gegenseitig. Dies klingt für unsere Ohren wie ein Märchen. Und Wontria liegt vermutlich auch im Märchenland.

Aber vor langer Zeit gab es auch in Wontria Streit, Streit um Ländereien, Streit um die richtige Religion, Streit um Reichtum und Besitz.

Und dann ist da noch eine geheimnisvolle Schlucht, die Wontria von der übrigen Welt trennt. In dieser Schlucht leben angeblich riesige Schlangen mit mehreren gefräßigen Köpfen. So erzählte man.

Drachen waren gesehen worden, aus deren Maul gewaltige Feuer-
türme hervorbrachen und alles zerstörten. Wanderer blieben an
klebrigen Kletterpflanzen hängen, so erzählte man sich, trafen auf
böse Zauberer, wilde Hexen und giftige Zwerge, die am Weg lauer-
ten und jeden verdarben, der in ihre Nähe kam.

II.

In einem anderen Land nicht weit von der Schlucht entfernt lebte
eine Mutter mit ihren drei Söhnen. Sie hießen Alban, Dibelan und
Fiolban.

Eines Tages sagte Alban: „Ich will nach Wontria gehen.“

Seine Mutter schlug die Hände über dem Kopf zusammen.

„Willst du, dass wir dich nie mehr wiedersehen?“

„Ich glaube nicht an diese bösen Geschichten. Du wirst sehen,
ich kehre wohlbehalten aus Wontria zurück.“

Schon am nächsten Morgen ging er los. Alban wollte seiner Mutter beweisen, dass er keine Angst vor der Schlucht hatte. Er ging

hinein und rief: „Wer auch immer hier auf mich wartet. Ich habe keine Angst vor ihm."

Da grollte es mächtig in der Finsternis. Ein riesiger Drache segelte heran und stellte sich Alban in den Weg.

„Du Knirps. Du sollst Angst und Schrecken kennenlernen."

Ein gewaltiges Feuer schoss aus dem Maul des Ungetüms. Und ehe Alban sich versah, war er mit Haut und Haaren zu Asche verbrannt. Das schreckliche Gelächter des Drachen hörte er nicht mehr.

III.

Ein Jahr verging. Alban kam nicht wieder. Die Mutter war sehr traurig und weinte um ihn. Da sprach Dibelan: „Mutter, Alban war nicht der richtige für dieses Abenteuer. Ich gehe jetzt nach Wontria. Ich schaffe es."

Die Mutter wollte ihn auf keinen Fall gehen lassen, doch Dibelan war fest entschlossen, seinen eigenen Weg zu gehen. Er verabschiedete sich von Fiolban und ging los.

Doch was soll ich sagen? Auch Dibelan ging geradewegs ins Verderben. Auch er betrat die Schlucht voll falschem Stolz. Und so übersah er, weil er den Kopf zu hochtrug, eine riesige Pflanze am Wegesrand, die so schnell wuchs, dass ihre Zweige wie Fangarme nach ihm griffen und ihn für immer gefangen hielten. Er konnte sich nicht befreien und musste mit ansehen, wie die Felswände immer näherkamen und ihn schließlich zerquetschten.

Nun war nur noch Fiolban der Mutter geblieben. Ihn, den sie am meisten liebte, weil er so bescheiden war und allen Menschen rücksichtsvoll begegnete, wollte sie nicht auch noch an Wontria und diese grässliche Schlucht verlieren. Doch eines Tages sprach Fiolban das aus, wovor sie sich schon immer gefürchtet hatte.

„Ich will nach Wontria gehen und sehen, was aus meinen Brüdern geworden ist."

Alles Jammern der Mutter half nichts. Sie konnte ihn nicht aufhalten.

Der Weg zur Schlucht war lang. Doch Fiolban schritt kühn drauf los. Es war so still, dass er seine eigenen Schritte deutlich hörte, während er auf dem grasbewachsenen Weg rüstig voranging. Bald schon war er im Schatten der mächtigen Felsen links und rechts, die immer näher zusammenrückten und die aufkommende Hitze erträglicher machten, verschwunden.

Um die Mittagszeit beschloss er, im Schatten eines mächtigen Baumes mit riesigen, kreisrunden Blättern eine kurze Rast einzulegen. Er war nämlich ein wenig müde und hungrig.

Während er aß, raschelte es im Unterholz, ein winziger Kobold trippelte auf ihn zu und blieb direkt vor ihm stehen. Während Fiolban noch die vielen Falten in seinem Gesicht, die aus unzähligen bunten Flicken bestehende Kleidung und die spitze Mütze bestaunte, unter der die großen Ohren und Augenbrauen gerade noch hervorschauten, begann der Zwerg zu reden, wobei seine Augenbrauen und die winzige Nase heftig in Bewegung gerieten.

„Woher kommst du?"

„Ich komme aus der Welt draußen und will nach Wontria."

„Wie heißt du?"

„Ich heiße Fiolban."

„Was willst du hier?"

„Ich möchte Wontria näher kennenlernen und Freundschaft schließen mit seinen Bewohnern."

„Willkommen, Fiolban, in Wontria."

Der Zwerg hob seine winzigen Hände zum Himmel. Ein gewaltiges Rauschen setzte ein wie von einem riesigen Wasserfall. Die Felsen gerieten in Bewegung, rückten auseinander und verschwanden, als hätte es sie nie gegeben. Der Baum, unter dem Fiolban lag, stand plötzlich auf einer Wiese voller blühender Blumen, wie er sie noch nie gesehen hatte. Bis an den Horizont reichte ein sanftes Hügelland, aus dem zahllose Seen wie blaue Farbtupfer hervorschimmerten.

„Wer wie du den Frieden im Herzen trägt, der kann frei durch unser herrliches Land blicken."

„Wie weit ist es noch bis Wontria?"

„Du bist in Wontria."

Fiolban staunte nicht schlecht.

„Wo sind die Hexen, die klebrigen Schlingpflanzen, die bösen Zauberer?"

„So etwas gibt es nur für Menschen, die stolz und rücksichtslos sind."

„Viele sind aber aus Wontria nie mehr zurückgekehrt."

„Die meisten sind in der Schlucht von den Felsen erdrückt oder von Drachen verbrannt worden, weil sie nicht an Wontria glaubten."

„Sind alle in Wontria so klein wie du?"

„Die meisten sind so groß wie du. Kobolde und Zwerge gibt es überall. Nur hier in Wontria kann man ihnen begegnen, weil sie sich nicht verstecken müssen wie anderswo. Hier sind alle gleich. Hier herrschen Friede und Gerechtigkeit. So wird auch die Würde eines Kobolds von allen geachtet."

„Welch ein glückliches Land."

IV.

Fiolban hatte genug gehört. Fröhlich machte er sich auf den Weg ins Herz Wontrias. Wo er auch hinkam, traf er auf zufriedene Bewohner. Sie nahmen ihn voller Gastfreundschaft bei sich auf. Er fühlte sich wohl inmitten dieser liebenswürdigen Einwohner vom kleinsten Zwerg bis zum mächtigen Riesen.

Kurze Zeit später lernte er ein wunderschönes Mädchen kennen und lieben. Sie war bereit, mit ihm in die Welt hinaus zu gehen und allen vom glücklichen Wontria zu erzählen.

Viele Jahre später. Fiolban und seine Frau Regia wohnen inzwischen mit ihren acht Kindern in der alten Heimat Fiolbans. Seine

Mutter, die glücklich mit allen Nachbarn seine Heimkehr gefeiert hatte, ist inzwischen gestorben. Wontria ist für Fiolban und seine Familie wie eine schöne Erinnerung an vergangene Tage. Fiolban glaubt manchmal, dieses Land habe nur in seinem Kopf existiert. Er glaubt, in diesem Land sein Glück gefunden zu haben, weil er immer fest an das Glück geglaubt hat.

Und wer glaubt, dass alles sei nur ein Märchen, sollte dafür sorgen, dass überall dort, wo er wohnt, dieses Märchen in Erfüllung geht. Fragt Fiolban. Er sagt euch, wie man es macht.

12. Musik verbindet

Ein breites Flussbett im zarten Morgenlicht, schilfumsäumte Ufer. Dünne Nebelschwaden tanzen gespenstisch über den Fluten. Wasser gluckst leise unter den Planken eines schmalen Kahns. Er schaukelt heftig hin und her. Ein junger Mann sitzt aufrecht im Boot. Er müht sich verzweifelt mit den Rudern ab, wie einst Don Quichotte mit den Windmühlenflügeln; unbeholfen versucht er sie ins Wasser zu tauchen. Schwerfällig dreht er sie hin und her. Sie klatschen aufs Wasser. Breite Fontänen spritzen auf, durchnässen ihn.

Die Luft erwärmt sich. Ein Sommertag wie aus dem Bilderbuch. Leichter Wind kommt auf. Der junge Mann flucht, streift wütend sein schweißnasses Hemd von den Schultern, wirft es in weitem Bogen auf den Boden des Boots. Es landet in einer schmutzig braunen Wasserlache. Das ist nicht sein Tag: Vergebliches Mühen mit den störrischen Rudern, unstete Strömungen, zerfließende Flut, unbarmherzige Hitze. Statt Erholung Schwerstarbeit, statt Spaß Kampf mit den widrigen Elementen. Seine Gedanken schwirren ärgerlich umher wie die lästigen Fliegen, die er vergeblich zu vertreiben sucht. Laut schnatternd fliegt eine Ente aus dem Schilf auf, flattert genervt davon. Ihre kräftigen Flügel rauschen wie Propeller im Wind.

Der junge Mann kurz vor der Kapitulation. Das Boot tanzt unruhig auf den. Wellen. Die Ruder schlagen, wie von Geisterhand geführt, wild auf und ab, wollen ihm nicht gehorchen.

So hadert er mit sich und dem Aufruhr der Elemente, als er überrascht aufhorcht. Gesangsfetzen, aus weiter Ferne. Unzusammenhängend wie die letzten aufsteigenden Nebelschwaden. Eine helle, weibliche Stimme. Wohlklingende Harmonien leise in die hässlichen Geräusche von Boot und Rudern gemischt.

Er lauscht angestrengt. Eine erlesene, klare Sopranstimme. Und diese Stimme verzaubert ihn, zieht ihn auf Anhieb in ihren Bann. Der junge Mann ist wie umgewandelt, fühlt sich wie neugeboren. Wie einst Odysseus von den Gesängen der Sirenen angezogen wurde, so rudert er den ausdrucksvollen Tönen entgegen, wie berauscht von dem strahlenden Gesang. Es mutet ihn an wie Zauberei, nichts hält ihn mehr auf. Und auch der aufrührerische Fluss beruhigt sich, als zwängen ihn diese Klänge wie aus einer anderen, fernen Welt zum Einlenken. Selbst die ungebärdigen Ruder geben endlich ihren Widerstand auf. Die Sonne taucht alles in ihr helles, funkelndes Licht.

Leicht, geradezu beschwingt schwebt das Boot mit einem Mal über die Wellen. Und von dieser Leichtigkeit getrieben nähert sich der junge Mann den himmlischen Klängen.

Deren Interpretin taucht mit ihrem Boot hinter einer Flussbiegung auf. Die beiden Kähne treiben auf einander zu, als zögen auch sie sich magisch an. Der junge Mann blickt zu der Sängerin hinüber und erblickt ein schmales, wohlgeformtes Gesicht. Zwei braune Augen strahlen ihn an. Kastanienbraunes Haar fällt locker auf die schmalen, nackten Schultern herab. Stirn, Nase, Mund, Kinn, ein vollkommener Zusammenklang. Eine schlanke Gestalt, kaum verhüllt von einem winzigen, pinkfarbenen Bikini. Ein kurzer Augenblick unendlichen Glücks, während die schöne Sirene wie eine zauberhafte Märchenfee zu ihm herüberschaut und samt Boot mit der kräftigen Strömung an ihm vorüberschwebt.

Der junge Mann ist von einem Augenblick auf den anderen verliebt, unsterblich verliebt. Liebe auf den ersten Ton dieser herrlichen Stimme. Liebe auf den zweiten Blick in strahlend braune Augen. Wie sie ihn ansah, wie ihr Mund sich zu Tönen formte, als schicke sie feurige Küsse zu ihm hinüber, so schmolz er wie Wachs unter diesem himmlischen Feuer. Er verzehrt sich nach dem engelgleichen Geschöpf im vorbei treibenden Kahn, das ihm einer Fata Morgana gleich zu entgleiten droht.

Doch Liebe verleiht Flügel. Der junge Mann ist wie von Sinnen. Mit einem waghalsigen Wendemanöver jagt er hinter dem Zauberwesen her. Das störrische Boot gehorcht ihm, ist mit seiner Liebe im Bunde.

Nichts kann ihn mehr aufhalten. Nach kurzer Zeit hat er sein ersehntes Ziel wieder vor Augen. Die junge Frau hört ihn kommen, dreht sich um und lächelt den an, der dort in dem anderen Boot auf sie zutreibt und aus Leibeskräften die Ruder schwingt. Sie zieht die Riemen ein, wartet auf ihren Romeo, der sich in Sehnsucht zu ihr verzehrt. Bald gleiten die beiden Kähne schaukelnd nebeneinander her. Er, der vor noch nicht allzu langer Zeit sein eigenes Boot kaum beherrschte, hält nun mit einem seiner Ruder das fremde Boot fest, um es nie wieder zu entlassen.

Die jungen Leute treiben erwartungsvoll mit der Strömung in eine stille, von hohem Schilf umstandene Bucht. Sie blicken sich in die Augen. Worte sind überflüssig. Er genießt in vollen Zügen das liebliche Gesicht, die ausdrucksstarken Augen, den makellos geschwungenen Mund, ihre schlanke Gestalt. Sie ist hingerissen von so viel Mut und Entschlossenheit. Minuten später versucht er, in den anderen Kahn zu steigen. Dabei droht ins Wasser zu stürzen, doch sie ergreift reaktionsschnell seine Hand und hilft ihm hinüber.

Er nimmt sie zart in seine Arme, ein liebevoller Kuss, eine innige Umarmung. Sie drückt sich fest an ihn. Er spürt ihren warmen Körper, Übereinstimmung, Verstehen. Romeo und Julia sinken eng umschlungen auf den dunkel schimmernden, hölzernen Boden des Boots, der warm und trocken die beiden Körper liebevoll auffängt.

Sie vereinigen sich zu einem stürmischen Duett im schlichten Holzkahn, umströmt vom strahlenden Licht der Sonne. Milder Windhauch treibt über die Schilfhalme. Eine Melodie steigt empor, streift über das ruhig dahinfließende Wasser, schwebt sanft über dem Schilf, erhebt sich wie ein leichtes Gespinst in die sommerwarme Luft. Das leere Boot schaukelt sanft daneben. Ein Ruder treibt unbemerkt davon.

13. Die beiden Töchter

Es lebte einmal irgendwo in fernen Landen ein Kaiser, der mit dem Regieren seines weiten Reiches sehr viel Arbeit hatte. Als seine Frau starb, übergab er deshalb seine Tochter in die Obhut einer Amme und vergaß sie. Genau an dem Tag allerdings, als das Mädchen elf Jahre alt wurde, erinnerte er sich wieder daran, dass er eine Tochter hatte, und wollte mit ihr zu Mittag speisen.

Seine Kammerdiener gaben sich Mühe, nicht allzu ratlos zu erscheinen. Unschlüssig standen sie beieinander.

„Beeilt euch", rief der Kaiser ungeduldig, „worauf wartet ihr noch?"

Sie verbeugten sich tief und verließen im Rückwärtsgang die kaiserlichen Gemächer.

„Schickt Boten zur Amme der Königstochter, übermittelt ihr den Wunsch unseres kaiserlichen Gebieters!" Doch wo auch immer die Männer suchten, Amme und Kind hielten sich nicht im Palast auf. Der kaiserliche Leibdiener gab sich alle Mühe, seinen Herrn zu beruhigen. Die Hofbeamten kamen zu einer Krisensitzung zusammen und palaverten lautstark miteinander, ohne einen Ausweg zu finden.

Als sich die peinliche Angelegenheit zu einer Staatskrise auszuweiten drohte, hatte der Hofnarr die rettende Idee.

„Ich kenne ein Mädchen, das im gleichen Jahr geboren wurde wie die Tochter des Kaisers."

„Bring sie so schnell wie möglich her."

Der Hofnarr lief los und holte Mutter und Kind. Das Mädchen hatte wegen einer gerade überstandenen schweren Krankheit eine ungesund bleiche Hautfarbe, zu der die roten Haare in auffälligem Kontrast standen.

„Nehmt ihre Tochter für seine."

Die Hofbeamten blickten auf und lachten trotz der bedrohlichen Situation wie aus einem Munde.

„Hatte die Tochter des Kaisers nicht schwarze Haare? Rote Haare jedenfalls hatte sie sicher nicht."

„Seit heute eben doch. Der Kaiser hat sie viele Jahre nicht mehr empfangen. Er wird sich kaum noch an ihre Haarfarbe erinnern."

Der Narr konnte die Bedenken der Beamten zwar nur zum Teil zerstreuen, doch griffen sie dankbar nach jedem Strohhalm, der einen Ausweg aus der Staatskrise versprach. Sie führten Mutter und Tochter in die kaiserlichen Kleiderkammern, die eher prunkvollen

Ballsälen ähnelten, kleideten das Mädchen hastig in edle Seiden-
stoffe und steckten ihr einen zierlichen Kamm in die rote Haar-
mähne. So herausgeputzt betrat sie an der Seite ihrer Mutter den
kaiserlichen Speisesaal und verbeugte sich vor dem ungeduldig mit
seinen Stäbchen herumfuchtelnden Herrscher.

„Da bist du ja endlich", fuhr er die vermeintliche Amme an, bevor
er sich liebevoll seiner Tochter zuwandte: „Verzeih mir, dass meine
Amtsgeschäfte mich davon abgehalten haben, öfter mit dir zu speisen. Du bist sehr anmutig geworden, eine echte Tochter deines Vaters", fügte er lächelnd hinzu. Wie der Hofnarr vorausgesagt hatte,
fielen ihm die roten Haare des Mädchens nicht weiter auf.

So speisten sie miteinander. Der kaiserliche Mundschenk stand
bereit und schenkte nach, sobald der Kaiser den Becher mit dem
funkelnden Rotwein, den er über alles liebte, ausgetrunken hatte. Mit
jedem Schluck stieg die Laune des Herrschers, zumal das Mädchen,
das sie ihm anstelle seiner Tochter untergeschoben hatten, ihn mit
seinem fröhlichen Geplapper prächtig unterhielt. Der Kaiser beschloss, nie mehr ohne seine Tochter zu speisen.

Doch unter den kaiserlichen Beamten gab es heftige Diskussionen.

„Wir müssen Amme und Tochter weitersuchen", meinten die einen. Die anderen hielten es für besser, den Kaiser im Glauben zu lassen, seine Tochter sei schon rothaarig auf die Welt gekommen.

„Unser Herrscher versteht sich großartig mit dem Mädchen. Wir wollen ihn in diesem guten Glauben lassen. Warum sollten wir mit der Wahrheit seinen Zorn heraufbeschwören? Das Leben von Mutter und Kind wäre in Gefahr."

„Und was ist, wenn die Amme mit der echten Tochter plötzlich hier auftaucht?"

In ihrer Ratlosigkeit wandten sie sich erneut an den Hofnarren.

„Du hast uns schon einmal geholfen. Sag uns, was wir tun sollen."

Der Hofnarr beruhigte sie.

„Macht euch keine Sorgen. Ich werde sie suchen und verhindern, dass wir von ihrem plötzlichen Auftauchen überrascht werden."

Die Hofbeamten waren erleichtert, denn sie vertrauten dem Narren. Der aber verließ sie auf der Stelle und machte sich auf die Suche.

Das Leben am Hof verlief weiter in angenehmen Bahnen. Der Kaiser ließ sogar eine Extramahlzeit einplanen, um so lange wie möglich mit seiner Tochter zusammen zu sein. Tage, Wochen, Monate vergingen. Das helle Lachen des Mädchens und der dumpfe Bass des allmächtigen Kaisers während der ausgedehnten Mahlzeiten erfüllten den riesigen Palast. Eine weitere Mahlzeit wurde eingeführt. Der Bauch des Kaisers gedieh prächtig, wurde immer kugelrunder, während das Mädchen so schlank blieb wie am ersten Tag. Das lag wohl daran, dass es vor lauter Geplapper kaum zum Essen kam.

Obwohl der Kaiser so viel Gewicht mit sich herumschleppte, dass ihm das Gehen schwerer und schwerer fiel, beschloss er eines Tages, mit seiner Tochter auf die Jagd zu gehen.

„Sattelt mein Pferd und führt es mir zu. Ich möchte zur Jagd ausreiten. Die kaiserlichen Jäger sollen mich und meine liebe Tochter begleiten."

Am Hof herrschte helle Aufregung. Die Stallburschen befürchteten, dass die edlen Vollblüter unter der Last des Kaisers zusammenbrächen.

„Wir müssen das alte Kaltblut nehmen und besonders prächtig herausschmücken. Hoffentlich genügt es dann den Ansprüchen unseres Herrschers."

Doch als sie das Ross auf den Hof des kaiserlichen Schlosses brachten, fielen den Kammerherrn beinahe die Augen aus dem Kopf.

„Der Kaiser wird toben, wenn er diese Schindmähre sieht."

Doch sie irrten sich. Der Kaiser warf nur einen beiläufigen Blick auf das Tier und kletterte stöhnend mithilfe einer goldenen Leiter in den Sattel. Dann gab er das Zeichen zum Aufbruch. Welch ein Glück, dass das Mädchen an seiner Seite reiten gelernt hatte. Sie verdankte es übrigens einem rothaarigen Stallburschen, der einen Narren an ihr gefressen hatte.

Die anschließende Jagd war wenig erfolgreich, doch das schien den Kaiser, der sich nur mit Mühe auf seinem Pferd halten konnte, nicht zu stören. Er hatte nur Augen für seine Tochter, die stolz an seiner Seite ritt und ihn wunderbar unterhielt.

Als die Jagdgesellschaft zur Mittagszeit immer tiefer in die kaiserlichen Wälder eindrang, wurde der Herrscher mit einem Mal derart hungrig, dass er fürchtete, vom Pferd zu fallen.

„Mein Kaiserreich für eine kräftige Mahlzeit", rief er mit lauter Stimme in den Wald hinein. Die Jägerschaft erschrak. Niemand hatte an den Appetit des Kaisers gedacht; kein Wildbret war verfügbar, das man hätte braten können. Da war guter Rat teuer. Als der kaiserliche Leibjäger sich gerade anschickte, seinem Herrn die schlechte Nachricht zu überbringen, kam die Gesellschaft an einer kleinen Hütte vorbei, die man bei früheren Jagdausflügen wohl übersehen hatte.

„Seht euch das an", rief einer der Männer und zeigte auf das winzige Gebäude. Vor dem Eingang stand ein großer, runder Tisch, um den vier bequeme Stühle standen. Eine Frau und ein junges Mädchen mit blasser Haut und schwarzen Haaren standen in der Tür. Die Frau trat vor und lud den Kaiser ein, am Tisch Platz zu nehmen. Der Kaiser schaffte es mit einigen Mühen und unter erneuter Zuhilfenahme der goldenen Leiter tatsächlich, von seinem Pferd zu steigen. Keuchend bedankte er sich für die Gastfreundschaft und winkte seine Begleiterin heran.

„Darf ich euch meine Tochter vorstellen?"

Die Frau verbeugte sich tief.

„Ich freue mich, den kaiserlichen Herrn mit seiner Tochter an meinem Tisch begrüßen zu dürfen."

Und so saßen alle vier bald um den Tisch herum und ließen es sich gut schmecken. Auch die übrige Gesellschaft musste nicht hungern.

Als die kaiserlichen Jäger keinen Bissen mehr zu sich nehmen konnten und selbst der Kaiser vollkommen gesättigt war, betrat der Hofnarr die Szene.

„Mein kaiserlicher Herr", sprach er und verbeugte sich dabei formvollendet, „ich hoffe, es hat euch gemundet."

Der Kaiser nickte kurz. Zu mehr war er nicht mehr fähig.

„Mein Herr und Kaiser, ich möchte euch eine wahre Geschichte erzählen."

Dem Kaiser fielen allmählich die Augen zu, sein gewohnter Mittagsschlaf fehlte ihm. Der Hofnarr fuhr fort: „Darf ich euch eure Gastgeberin vorstellen? Es ist die treue Amme eurer Tochter, die vor vielen Jahren aus Gram über euer Verhalten hierhin geflüchtet ist."

Der Hofnarr hatte einen günstigen Augenblick für diese Offenbarung gewählt. Der Kaiser horchte zwar auf, aber ihm fehlte die Kraft zu einem seiner gefürchteten Wutausbrüche. Ungläubig schaute er zur Amme hin und dann zu dem Mädchen, das neben ihr saß. Die Ähnlichkeit des blassen, schwarzhaarigen Kindes mit seinen Jugendbildnissen im Palast fiel ihm erst jetzt auf. Der Hofnarr erhob erneut seine Stimme: „Was ich euch jetzt erzählen will, ist keiner meiner Späße, mit denen ich euch hin und wieder quäle. Nein, es ist die reine Wahrheit. Neben der treuen Amme sitzt eure Tochter."

Die kaiserlichen Jäger fielen reihenweise in Ohnmacht. Der Kammerdiener des Kaisers saß erschrocken da und wagte nicht, sich zu rühren. Über das Gesicht des Kaisers aber huschte ein glückliches Lächeln.

„Was du Narr da sagst, ist weit entfernt von jeder Narretei. Ein großes Glück wird mir zuteil. Ich kann endlich meine Tochter wieder in die Arme schließen."

Der Versuch, seinen Worten Taten folgen zu lassen, scheiterte freilich kläglich. Doch das Mädchen sprang auf und umarmte ihn. Sie drückte und herzte ihn und wollte ihn nicht mehr loslassen.

„Warum habe ich nur so viele Jahre anderes für wichtiger gehalten, als mich um mein Kind zu kümmern? Ich bin der wahre Narr."

Seufzend sank er in seinen Stuhl zurück. Dann blickte er zu dem rothaarigen Mädchen an seiner Seite hin.

„Wer auch immer du bist, auch dich liebe ich wie mein eigenes Kind. Auch du sollst bei mir im Palast wohnen. Niemand hat mir in den letzten Monaten so viel Freude bereitet wie du."

Die Jagdgesellschaft erhob sich und applaudierte dem weisen Herrscher.

„Und dich ernenne ich zum Ehrenhofnarren." Erneut klatschten alle.

„Doch wessen Tochter bist du eigentlich?"

Der Hofnarr trat vor: „Mein Herr und Kaiser, erlaubt mir, euch diese Frage zu beantworten?" Der Kaiser schaute seinen neuen Ehrenhofnarren überrascht an, während der seine Kappe lüftete, was sonst nie geschah. Die Hofgesellschaft staunte nicht schlecht, als seine üppige rote Haarpracht unter ihr hervorquoll.

14. Ein Griff in die Vergangenheit

I.

Vermutlich hätte die Geschichte des roten Büstenhalters niemals die breite Öffentlichkeit beschäftigt, wenn nicht ein Reporter einer bekannten Boulevardzeitung zufällig die Entschlammung eines Teichs in einem bekannten Vergnügungspark beobachtet hätte.

Nach einem Interview mit dem Geschäftsführer ging er laut pfeifend zum Eingangstor zurück und wunderte sich über gewaltige Bagger, die zum Einsatz kamen. Ein Exemplar so groß wie ein Einfamilienhaus entlud den zähen Schlamm gerade in ein Ungetüm von Lastwagen, als dem Reporter auffiel, dass an einem der mächtigen Zähne dieses Monstrums ein kleiner Stofffetzen hing.

„Als ich voller Neugierde näher heranging, erkannte ich einen schlammverschmierten, roten, Büstenhalter, der im Wind leicht hin und her schaukelte. Ein roter Büstenhalter in den Klauen eines kolossalen Ungeheuers. Dieses Bild ging um die Welt.

Die Parkleitung forderte Taucher an, die in den nächsten Tagen unglaubliche Dinge vom Lippenstift bis zum Regenschirm ans Tageslicht beförderten, aber zum Leidwesen der Presse keine Leiche, ob bekleidet oder unbekleidet, die das Interesse der Öffentlichkeit aufrechterhalten hätte."

II.

Georg Wüst gehört zu jenen Menschen, die niemals zugeben würden, ein Auge in Boulevardzeitungen zu werfen. Doch keine Regel ohne Ausnahme, wobei er gern den Zufall zur Erklärung heranzieht.

„In der Bahn hat sie jemand liegen gelassen. Da habe ich mal reingeschaut", eine seiner Standardausreden, „hätte ich es nicht getan, wäre mir die Geschichte vom roten Büstenhalter nicht untergekommen. Dabei bin ich doch der einzige, für den dieser Fund keine Überraschung ist. Ich weiß sogar, wem der Büstenhalter gehört hat."

Er begibt sich auf der Stelle ins Verwaltungsgebäude des Parks und erzählt einer Mitarbeiterin seine spannende Geschichte, nachdem er den inzwischen gereinigten roten Büstenhalter zweifelsfrei an einer kleinen Metallplakette am rechten Träger erkannt hat.

„Dieser Büstenhalter", so beginnt er, „weckt in mir zahlreiche Erinnerungen. Ich war jung und das ganze Leben lag noch vor mir. Meinen Lebensunterhalt verdiente ich durch Gelegenheitsarbeiten. Und so landete ich eines Tages mehr durch Zufall beim Sicherheitsdienst dieses Vergnügungsparks hier. Ich drehte vor allem nachts meine Runden und kam mir dabei mehr als überflüssig vor, denn nicht ein einziges Mal musste ich irgendwo eingreifen."

„Heutzutage bewacht eine Spezialfirma unseren Park. Die Sicherheitskräfte sind perfekt ausgerüstet, neuerdings sogar mit Spürhunden, denn es gab in letzter Zeit eine ganze Reihe von Einbrüchen", erwidert seine Gesprächspartnerin.

„Sie liefern mir das Stichwort für die Fortsetzung meiner Geschichte. Für mich war es natürlich einfach, diesen Park jederzeit zu betreten."

Sein Gegenüber runzelt die Stirn: „Was war daran so prickelnd?"

„Nun, ich war nicht allein. Meine Freundin begleitete mich. Wir wollten ganz einfach Spaß haben und den hatten wir."

„Welchen Spaß?"

„Es war schon aufregend, nachts mit Anna durch den Park zu streifen, ohne von den Kollegen entdeckt zu werden. Das reizte uns.

Und die hatten endlich Arbeit. Manchmal entgingen wir ihnen nur knapp. Waren Sie nachts schon einmal im Park?"

„Nein, nicht, dass ich wüsste."

„Na ja, bei der Anwesenheit von Spürhunden auch nicht mehr zu empfehlen. Nachts ist der Park richtig unheimlich, das sage ich Ihnen, überall raschelt oder knackt es. Anna fürchtete sich wie ein kleines Kind."

„Das gefiel ihr?"

„Ja, sehr. Der Höhepunkt war der nächtliche Gang durch die Geisterbahn. Ich wusste, wie man all die schrecklichen Gestalten im Innern zum Leben erwecken konnte, ohne dass es jemand merkte. Und sie fürchtete sich ohne Ende. Es war wunderbar."

„Und dabei verlor sie vor lauter Schreck ihren Büstenhalter."

„Guter Witz. Aber Sie haben recht, ich sollte allmählich zur Lösung des Rätsels kommen. Ahnen Sie schon, was in jener Nacht der Nächte passiert ist?"

„Ich habe keinen blassen Schimmer."

„Ich erinnere mich daran, als wäre es gestern gewesen. Eine laue Frühlingsnacht. Wir schlenderten Hand in Hand durch den Park. Als wir an dem kleinen See vorbeikamen, hatte meine Freundin eine grandiose Idee. Zwei Minuten später lagen unsere Kleider am Ufer und wir liefen splitternackt ins Wasser. Was dann passierte, bleibt unser Geheimnis. Ich werde diese Nacht jedenfalls nie in meinem Leben vergessen. Wir achteten beim Planschen schon bald nicht mehr auf den Lärm, den wir machten. Das schreckte sogar meine schläfrigen Kollegen auf. Wir hörten sie im letzten Augenblick kommen.

Wie zwei geölte Blitze stürzten wir aus dem Wasser, griffen nach unseren Kleidern und flohen aus dem Park. Ich hätte wohl meinen Job verloren, wenn man uns entdeckt hätte. Wir liefen also als ginge es um unser Leben. In einem kleinen Waldstück schließlich hielten wir an und versuchten, wieder zu Atem zu kommen."

„Aber der rote Büstenhalter fehlte."

„Woher wissen Sie das?" Georg Wüst lacht vergnügt.

„Ja, er fehlte und wurde jetzt erst gefunden. Wir sind nachts nie mehr im Park gewesen. Meine Freundin war die Lust an solchen Abenteuern vergangen. Na ja, und wie das manchmal so ist, wir lebten uns ohne diesen Kick auseinander. Anna wanderte mit einem anderen Mann später nach Neuseeland aus."

„Dürfen wir diese aufregende Geschichte in den nächsten Parknachrichten veröffentlichen?"

„Ich habe nichts dagegen, wenn mein Name nicht genannt wird."

III.

Die Frau, die das Gebäude des Zeitungsverlags betritt, blickt sich unsicher um. Der Mann am Empfang wird auf sie aufmerksam und winkt sie zu sich.

„Ich möchte mit dem Redakteur sprechen, der die Geschichte mit dem roten Büstenhalter veröffentlicht hat."

Der Mann am Empfang kratzt sich verlegen an der Stirn.

„Das ist lange her. Ich rufe mal oben an."

Während sich die Frau in der Eingangshalle umblickt, telefoniert er mit der Lokalredaktion des Boulevardblatts. Dann nennt er ihr eine Zimmernummer.

„Zweiter Stock", ruft er noch hinter ihr her, „benutzen Sie den Aufzug vorne rechts."

Doch die Frau geht schon zielgerichtet auf das Treppenhaus zu und steigt hinauf. Als sie vor dem Zimmer steht, klopft sie leise an. Nichts rührt sich. Sie versucht es erneut. Doch obwohl sie kräftiger an die Tür pocht, erhält sie keine Antwort. Sie öffnet und schaut vorsichtig hinein. Ein Mann sitzt vor einem völlig unaufgeräumten Schreibtisch und wühlt in Papieren herum. Ohne aufzuschauen, fragt er: „Was kann ich für sie tun?"

„Ich habe zufällig von dem roten Büstenhalter gehört."

Der Mann schaut sie erstaunt an.

„Ja, in Ihrer Zeitung war ein Bericht darüber. Er wurde im Vergnügungspark gefunden, in einem Gewässer."

„Das ist aber schon ein paar Wochen her."

„Ich habe sogar in Neuseeland das Bild vom Büstenhalter am Haken gesehen."

„Leider haben sie keine Leiche gefunden."

„Wie meinen Sie das?"

„Das hätte noch ein paar Wochen für eine höhere Auflage gesorgt", erwiderte der Redakteur, „und was ist nun mit dem roten Büstenhalter?"

„Er gehörte mir. Ich habe ihn vor langer Zeit im Park verloren."

„Und nun wollen Sie ihn zurückhaben? Dann sind Sie bei mir an der falschen Adresse."

„Er passt mir sicher nicht mehr. Wissen Sie, wo er ist?"

„Würden Sie ihn denn wiedererkennen?"

„Auf jeden Fall, an einer kleinen Plakette am rechten Träger."

„Gut, wir rufen im Park an. Die bewahren ihn auf, soviel ich weiß."

IV.

Georg Wüst erkennt die Frau, die in diesem Augenblick das Café betritt, sofort.

Der folgende Dialog fand so statt, auch wenn es sich anhört, als sei er aus einem billigen Groschenroman abgeschrieben.

„Anna, du hast dich nicht verändert."

„Lügner."

„Mit dir kommt ein Stück Jugendzeit zurück."

Er nimmt sie fest in den Arm und führt sie an seinen Tisch.

„Was darf ich für dich bestellen?"

Sie trinken Kaffee, essen Kuchen und plaudern über die Vergangenheit. Georg erfährt, dass Annas Mann bei einem Unfall ums Leben kam. Deshalb kehrte sie nach Deutschland zurück.

„Es ist heiß hier." Anna zieht ihre Jacke aus. Georg blickt staunend auf ihre weiße Bluse. Sie ist beinahe durchsichtig, der Büstenhalter schimmert durch. Er ist rot. Er schaut sie fragend an.

„Sie haben ihn mir zurückgegeben. Er passt sogar noch."

Glücklich lächelnd nimmt Georg seine Anna in die Arme.

D. Jenseits der Zeit

15. Die Frau im Moor

I.

Das zweiflügelige, eiserne Tor, dessen schwarze Gitterstäbe wie todbringende Lanzen in den Himmel ragen, steht weit offen. Fritz Schenk kommt es so vor, als ob ihn Wesen aus vergangener Zeit mit scheußlichen Fratzen heimlich beobachten.

Hohe Bäume werfen lange Schatten auf Rasen und Gehwege. Die Luft flimmert. An einem Baumstamm steht eine Frau mit fahlen, verhärmten Gesichtszügen. Zusammengepresste schmale Lippen, faltige Haut um rot umränderte trübe Augen, eine herabgebogene Nase, die beinahe die Oberlippe mit ihrer Spitze berührt. Sie starrt ihn eisig an. Fritz Schenk ist, als blicke sie durch ihn hindurch.

Als er sich ihr nähern will, ist die Frau verschwunden. Der Park liegt wieder still und verlassen da.

II.

Fritz Schenk blickt in den gewaltigen Wandspiegel und fasst es nicht. Keine Spur von ihm, obwohl er genau vor dem Spiegel steht. Doch dann steht sie plötzlich statt seiner da und blickt ihn unverwandt aus starren Augen an. Blitzschnell dreht er sich um und sieht niemanden, nur die Wand im Hintergrund. Er starrt ungläubig auf die leere, weiß gekalkte Wand, die wie eine Kinoleinwand wirkt, bevor der Film beginnt. Doch der Film scheint zu Ende zu sein, bevor er begonnen hat. Fritz Schenk stürzt vorwärts und tastet mit den Fingerspitzen über den rauen Putz, aber die kratzenden Geräusche locken die alte Frau nicht herbei. Die Leinwand bleibt leer.

Fritz Schenk blickt sich um. Er steht im Empfangsraum der mittelalterlichen Wasserburg mit den Füßen fest auf dem jahrhundertealten Holzfußboden und durchstreift mit den Augen den uralten Raum. Er blickt auf die Lücken zwischen den groben Dielenbrettern, auf die Fachwerkwand zu seiner Rechten. Zwischen den Holzbalken hängt ein Bild auf dem abblätternden Putz. Das Porträt einer vornehmen Dame mit fahlen, verhärmten Gesichtszügen.

Zusammengepresste, schmale Lippen, faltige Haut um rot umränderte trübe Augen, eine herabgebogene spitze Nase, die beinahe die Oberlippe mit ihrer Spitze berührt.

Der Burgherr betritt den Raum durch die offene mit eisernen Haltegriffen beschlagene Tür, während Fritz Schenk ihn im Spiegel auf sich zukommen sieht.

„Das ist sie, Adelheid, die schon mit 14 Jahren für die Burg verantwortlich wurde. Auf dem Bild ist sie freilich wesentlich älter. Sie verschwand auf den Tag genau an einem nebligen Dezembermorgen vor 300 Jahren. Ihr Schicksal konnte bis heute nicht geklärt werden. Sie verschwand spurlos im Moor in der Nähe der Burg. Ein Jäger sah sie gegen 9.00 Uhr auf dem schmalen Saumpfad in das Moor gehen. Die Szene wirkte unwirklich, beinahe unheimlich auf ihn. Dennoch machte er kehrt und lief durch ein kleines Wäldchen, das heute nicht mehr existiert, um ihr den Weg abzuschneiden. Als er auf der anderen Seite aus den Bäumen wieder heraustrat, war Adelheid verschwunden."

Fritz Schenk wendet sich seinem Gastgeber zu.

„Ich habe sie gesehen. Sie stand im Park an einem Baum und eben hinter mir. Ich habe sie gesehen, dort hinten im Spiegel. Als ich mich umdrehte, war niemand mehr da."

Ein Schatten legt sich auf das Antlitz seines Gegenübers.

„Haben Sie sich währenddessen im Spiegel sehen können?"

Fritz Schenk schüttelt den Kopf.

„Seit einiger Zeit spukt es wieder hier in der Burg. Es ist nicht das erste Mal. Leute vom Fernsehen waren da und brachten ein Medium mit. Der Mann sah eine geisterhafte Gestalt und erkannte sie auf dem Bild dort wieder. Es sieht so aus, als ob Adelheid hier neuerdings wieder ihr Unwesen treibt. Nachts rumort es im Haus. Meine Frau kann nicht mehr schlafen. Die Geisterjäger sind davon überzeugt, dass jeder, der die Frau sieht, in Lebensgefahr ist. Sie sollten die Burg so schnell wie möglich wieder verlassen."

„Geister sind Getriebene, die keine Ruhe finden. Ich habe mich für meinen neuen Roman intensiv mit solchen Schicksalen beschäftigt. Deshalb bin ich hier."

Der Burgherr schaut ihn nachdenklich an.

„Ich habe Sie gewarnt. Nehmen Sie sich in Acht."

III.

Fritz Schenk wälzt sich unruhig hin und her. Das breite Bett knarrt unter seinem Gewicht. Er schlägt die Augen auf und starrt auf den Baldachin über ihm. Draußen fährt der Wind durch die Äste der Bäume und es scheint so, als ob das Mondlicht, das durch das Burg-

fenster in das schmale Zimmer und auf das in blauen Stoff einge-
webte Blumenmuster der Vorhänge fällt, leicht flackert. Schlaftrunken richtet er seinen Blick zum Fenster und erstarrt. Geisterhaft
schwebt eine Gestalt in den Raum hinein, ohne das Licht des Mondes zu verdunkeln, hält neben dem Bett an und winkt.

Fritz Schenk wehrt sich nicht. Er steht auf und folgt hinaus in die
laue Frühlingsnacht. Er trägt nur seinen leichten dunkelblauen
Schlafanzug und stapft mit nackten Füßen hinter der Geistererschei-
nung her. Sie umrunden den Wassergraben, gehen über eine
schmale Holzbrücke auf einen Kiesweg, durchqueren das Tor und
treffen auf einen mit Gras bewachsenen Pfad, die kürzeste Verbindung von der Burg ins nahe gelegene Moor. Das Laub alter Ahornbäume blitzt hier und dort durch den Nebel. Was mochten diese Riesen mit ihren mächtigen Kronen schon alles gesehen haben? Die
Blätter rascheln als erzählen sie flüsternd uralte Geschichten von
dunklen Gestalten, vom bettelarmen Volk, das in Dreck und Elend
hausen muss.

Die Gestalt hält an und dreht sich um. Auf dem Kopf trägt das
Mädchen eine weiße Kappe, die von einem goldenen Stirnband gehalten wird. Darunter hüllt ein graues Tuch Hinterkopf und Hals bis
zum Kinn ein. Ein markantes, schmales Gesicht mit gleichmäßigen

Zügen, volle rote Lippen, eine schmale Nase. Unter langen, zu dünnen Strichen ausgezogenen Augenbrauen blicken große graugrüne Augen wie abwesend in die Ferne.

Plötzlich lodern die Augen auf und strahlen zu Fritz Schenk herüber. Ihm ist so, als hypnotisiere ihn ihr Blick. Er gerät in den Bann dieser funkelnden Augen, deren Strahlen ihn blenden. Adelheid, jung und schön, hebt ihre Hand und gebietet, ihr zu folgen. Ein merkwürdiger, blauvioletter Schimmer irrlichtert an Bäumen und Sträuchern entlang. So etwas wie Rauch quillt aus den Stämmen, verliert sich im Dunst.

Vor ihnen taucht die Burg auf. Die Mauern der Vorburg glänzen silbern im Mondlicht.

Mitten in der Nacht wundert sich niemand über einen Mann im Schlafanzug, der mit nackten Füßen an der mächtigen Burg entlangläuft, als hätte er Angst, den Anschluss zu verlieren.

Fritz Schenk hetzt einem Wesen hinterher, das ihn nicht loslässt und das er nicht loslassen will. Raum und Zeit verbinden sich zu einem unentwirrbaren Knäuel, sein Verstand setzt aus, sein Herz schlägt bis zum Hals. Die junge Frau schwebt vor ihm her. Fritz Schenk spürt, wie der Boden unter seinen Füßen weicher wird, seine Zehen graben sich in den zähen Schlamm ein. Ihm ist, als müsse er sie mühsam einzeln herausziehen, bevor sie beim nächsten Schritt erneut versinken. Seine Begleiterin flattert mühelos über dem Sumpf dahin, hält aber nun hin und wieder an, als warte sie auf ihn. Eine Wolke schiebt sich vor den Mond, die Welt verfinstert sich, seltsame Geräusche schwirren durch die Luft. Fritz Schenk lauscht in die Finsternis und beginnt am ganzen Leib zu zittern. Schon gibt die Wolke die Mondscheibe wieder frei, als ob sie einen Vorhang aufzöge und den Blick auf ein schauriges Geschehen auf einer Bühne freigäbe.

Zusammengepresste schmale Lippen, faltige Haut um rot umränderte leere Augen, eine herabgebogene spitze Nase, die beinahe die Oberlippe mit ihrer Spitze berührt. Adelheid ist wieder so alt wie auf dem Bild in der Burg. Fritz Schenk blickt sich um. Sie stehen in einem sumpfigen Wiesental an einer mit Bäumen und Gesträuch, Binsen und Schilf bewachsenen Stelle. Von allen Seiten nähern sich beinahe durchsichtige Gestalten in weißen Gewändern. Diese Juffern drehen sich schweigend im Kreis, schweigend tanzen sie heran. Adelheid verwandelt sich erneut. Nun gleicht sie den wogenden Nebelgestalten und beginnt, zugleich mit ihnen, um Fritz Schenk herumzutanzen. Sie ergreifen ihn und beziehen ihn in den immer wilder werdenden Tanz ein. Wie ein Sturmwind sausen sie um ihn herum und klatschen in die Hände, er dreht sich verzweifelt im Kreis. Keine körperlosen Geistwesen haben Besitz von ihm ergriffen, sondern lebende Tote mit besonderen Körperkräften, Wiedergänger, Untote auf ihrem Tanzplatz. All das ist Fritz Schenk nicht unbekannt, er hat von ihnen gelesen, in alten Sagen und Geschichten. Er wollte für seinen Roman mehr erfahren und nun tanzen sie um ihn herum, entziehen ihm seine Lebenskraft, die sie sich einverleiben, um weiterleben zu können. Fritz Schenk kann sich trotz allen Wissens darum nicht dagegen wehren, verliert das Bewusstsein und fällt entkräftet zu Boden.

IV.

Am nächsten Morgen wartet der Burgherr vergeblich auf seinen Gast. Fritz Schenk kommt nicht zum Frühstück. Der Burgherr schickt nach ihm. Ein verzweifelter Schrei dringt aus dem Gästezimmer. Fritz Schenk liegt völlig verrenkt zwischen den Kissen. Schreckgeweitete Augen beherrschen sein aschfahles Gesicht. Die Jacke des Schlafanzugs ist hochgerutscht, die nackte Brust wirkt eingefallen. Fritz Schenk atmet nicht mehr. Der Notarzt kann nur noch den Tod feststellen und meldet den Fall wegen der mysteriösen Umstände der nächsten Polizeibehörde. Der Burgherr betritt den Empfangsraum. Dort, wo Adelheids Altersbild hing, hängt ein leerer Rahmen.

16. Jenseits der Zeit

Ich sehe mich im ummauerten Hof einer mittelalterlichen Burg zitternd auf einem wackligen Gerüst stehen. Um mich herum das hasserfüllte Gejohle von Menschen in schmutzigen, abgerissenen Kleidern, die sich um das hölzerne Gestell drängen. Schreie aus zahnlosen Mündern. Verzerrte Mienen. Arme drohend emporgereckt. Hinter mir ein Galgen. Ein Seil wird herabgelassen. Der Henker mit nacktem, muskulösem Oberkörper und einer schwarzen Maske vor dem Gesicht tritt heran. Todesangst erfasst mich. Mein Herz pocht wie wild. Ich wanke, kann mich nur mit Mühe aufrecht halten. Ich möchte schreien, bringe aber keinen Ton hervor. Hilflos, die Hände auf dem Rücken verschnürt, erlebe ich, wie die Schlinge sich um meinen Hals legt. Doch bevor ich den Boden unter den Füßen verliere, drängt sich ein junges Mädchen durch die Menge, stürzt sich auf das Podest. Rock und Wams zerrissen, schmutzstarrende, dunkle Hautfarbe. Ich blicke in ihre glühenden, grünen Augen. Mit einem irren Lachen rammt sie mir ein Messer ins Herz.

Ich fahre hoch aus den zerwühlten Kissen, öffne die Augen. Alles dreht sich. Verzweifelt rudere ich mit den Armen, schlage mit dem Kopf gegen die Bettkante. Vor mir die dunklen Umrisse des Kleiderschranks. Nur langsam komme ich zu mir. Ich lebe noch. Es war nur ein furchtbarer Traum. Ich rapple mich auf, schleppe mich ins Bade-zimmer unter die Dusche. Der Schwall eiskalten Wassers weckt meine Lebensgeister. Ich ziehe mich an und verlasse ohne Früh-stück meine Wohnung in Richtung Kommissariat.

Glühend heiß brennt die Julisonne, als ich umständlich meinen Revolver umschnalle und gegen 14.00 Uhr die Dienststelle verlasse. Welch bizarrer Anruf. Eine Männerstimme am anderen Ende der Lei-tung bestellte mich in den Stadtpark.

Die Stadt schwitzt und stöhnt unter der Hitze. Kaum Menschen auf der Straße. Ich bleibe kurz stehen, wische mir den Schweiß von der Stirn, setze mich ächzend wieder in Bewegung und erreiche nach wenigen Schritten den Eingang zum Stadtpark.

Der Mann redete schnell, seine Stimme, ohne Akzent, überschlug sich fast. Mir fiel auf, dass er altertümliche Wörter benutzte, etwa nicht von einer drohenden Gefahr sprach, von unerwarteten Schwie-rigkeiten, sondern davon, dass Gefahr dräue.

Das zweiflügelige, eiserne Tor steht weit offen. Ich meine, drüben am alten Brunnen, dem letzten Überrest einer mittelalterlichen Burg, die einst mächtig und düster das Land überragte, eine dunkle Ge-stalt, die zu mir herüberblickt, an einem Baum lehnen zu sehen. Zö-gernd nähere ich mich. Im Schatten steht ein hoch aufgeschossener

Mann. Ein breiter Hut, tief in die Stirn gezogen, ein graues, tief durchfurchtes Gesicht, aus dem mich dunkle Augen eisig anstarren, durch mich hindurchblicken. In der Nähe grast ein riesiges schwarzes Pferd.

Ein Geräusch durchbricht jäh die Stille. Ich drehe mich um. Ein Rabe landet krächzend auf einem nahen Ast. Ich schaue zu ihm hinüber.

Ich blicke wieder nach vorn. Der Mann ist verschwunden-den. Und mit ihm das Pferd. Als hätten sie sich in Luft aufgelöst. Vorsichtig untersuche ich jeden Zentimeter Erdreich, wo Mann und Ross gestanden haben. Nichts. Keine Fußspuren, keine abgeknickten Zweige, keine Hufabdrücke. Der Park liegt wieder still und verlassen da. Kein Hufgetrappel, kein Wiehern. Nichts, was auf einen davongalopierenden Reiter schließen lässt. Totenstill, gespenstisch, schauerlich. Klirrende Kälte frisst sich in meine Haut. Meine Zähne schlagen aufeinander, mein Körper bebt.

Als ich das Büro verließ, zeigte das Thermometer 30 Grad im Schatten an. Wie von Geisterhand ist die Kälte vom Himmel gefallen.

Ich will nur noch weg, strebe dem Ausgang entgegen, laufe durch das Tor. Die Hitze ruht mit einem Schlag wieder bleischwer auf der Stadt, auf mir, nimmt mir den Atem.

Ich fahre erschrocken hoch. Ich liege wie ein Häuflein Elend im Drehsessel an meinem Schreibtisch. Mit letzter Kraft greife ich zu einem Handtuch und wische mir den Schweiß von Gesicht und Hals. Meine Kleidung klebt am Körper. Teilnahmslos blättere ich in den Papieren, die sich vor mir auftürmen. Es fehlt an Mitarbeitern. Vieles bleibt liegen.

Ich blicke auf, als Ruth Tischler hereinstürmt. Die junge Frau gehört zu den wenigen Nachwuchstalenten, wie ich zu sagen pflege. Sie schaut mich nachdenklich an.

„Sie sehen müde aus, Herr Kommissar."

Ich nicke schwach.

„Die Arbeit wächst uns über den Kopf", fügt sie mit einem Blick auf die Aktenstapel hinzu.

„Ja, aber klagen hilft nichts. Setzen Sie sich. Wollen Sie einen Kaffee?"

„Gerne. Bleiben Sie sitzen, ich mache das schon", antwortet sie bereitwillig.

Ich blinzele wohlgefällig zu ihr hinüber.

Ruth Tischler ist nicht nur eine tüchtige Kollegin, sie ist auch eine hübsche junge Frau, in die ich mich in jüngeren Jahren bis über beide Ohren verliebt hätte. Besonders ihre strahlend grünen Augen haben es mir angetan. Grüne Augen. Die Erinnerung durchzuckt mich wie ein elektrischer Schlag. Dieselben grünen Augen, stöhne ich innerlich auf. Dieselben grünen Augen wie bei der Frau mit dem Messer im Traum.

Es wirkte alles so echt. Der Galgen, die Frau mit dem Messer. Der geheimnisvolle Anruf und der seltsame Fremde.

Ich merke, dass Ruth zu mir hinüberblickt, während sie den Kaffee in die Pappbecher fließen lässt.

„Was ist los, Chef?"

„Was soll schon los sein?", brumme ich.

Sie stellt den Kaffee vor mich hin.

„Sind Sie nicht zufrieden mit mir?"

„Reden Sie keinen Unsinn. Was wäre ich ohne Sie?"

Ich sehe sie nachdenklich an, während ich schweigend an meinem heißen Kaffee nippe. Betont forsch greife ich zum obersten Aktenordner. Ruth setzt sich mir gegenüber an den Schreibtisch. Ich ignoriere den stechenden Schmerz in meinem Kopf. Verdammt, diese Augen! Grün, kalt und mörderisch. Eine eiserne Faust packt mein Herz, kalter Schweiß bricht aus allen Poren, überflutet meinen

Körper. Wutverzerrt schaut mich die junge Frau mit der zerrissenen Kleidung und den verfilzten Haaren an. Ich blicke auf ihre Hände. Sie umklammern ein blutverschmiertes Messer. Verzweifelt stürze ich mich auf sie und schlage ihr das Messer aus der Faust. Ihr Gesicht verzerrt sich zu einer hässlichen Fratze. Ich schlage zu. Ein gellender Schrei bringt mich zur Besinnung.

Der Schrei geht in ein Schluchzen über. Ruth kauert schreckensbleich vor mir. Ich fahre hoch, strecke die Hände nach ihr aus. Entsetzt weicht sie zurück.

„Ein Traum", stammele ich, „ein fürchterlicher Traum."

Ich schäme mich unendlich. Wie soll ich ihr noch in die Augen schauen? Ich möchte mit Ruth sprechen, doch mir fehlen die Worte. Der grässliche Traum ist mein zweites Ich geworden. Ich habe keine Kraft mehr, mich dagegen aufzubäumen. Die Kollegen tuscheln hinter meinem Rücken, gehen mir aus dem Weg. Ich kann mich kaum konzentrieren, verstecke mich hinter den Aktenbergen.

Die Tage ziehen dahin wie blinde Schatten. Einer gleicht in seiner Trostlosigkeit dem anderen. Ruth wurde versetzt.

Ein frostiger Herbst kündigt sich an. Die Stadt versinkt in Dämmerung und Nebel. Meine Angst ist einem unheimlichen Sog gewichen, einer Kraft, der ich nicht widerstehen kann.

An einem nebligen Nachmittag verlasse ich das Büro. Ein kalter Luftzug. Ich friere. Das goldene Herbstlaub der alten Ahornbäume blitzt hier und dort durch den Nebel. Was mochten diese Riesen mit ihren mächtigen Kronen schon alles gesehen haben? Die Blätter rascheln, als erzählten sie flüsternd uralte Geschichten von dunklen Gestalten, die raubend und mordend durchs Land zogen, vom bettelarmen Volk, das in Dreck und Elend hausen musste.

Es wird dunkel, obwohl noch heller Tag ist. Wie in Trance durchquere ich das Tor zum Stadtpark. Schreckensbleich schaue ich zum Himmel empor. Ein merkwürdiger, blauvioletter Schimmer irrlichtert an Bäumen und Sträuchern entlang. So etwas wie Rauch quillt aus der Fassung des alten Brunnens hervor, verliert sich im Dunkel. Pferdehufe trommeln heran. Ein Reiter taucht aus dem Dunst auf und fliegt heran. Ich richte mich kerzengerade auf, höre einen unmenschlichen Schrei und drehe mich um. Ruth!

Sie läuft auf mich zu, als würde sie von unsichtbaren Schnüren gezogen. Ich wanke ihr mit weit aufgerissenen Augen entgegen.

Mit jedem Schritt, den meine Kollegin sich nähert, bemerke ich eine unheimliche Veränderung an ihr. Ihre Gesichtszüge, zunehmend dunkel und verhärmt, ihre Gestalt gekrümmt. Die Kleider sind schmutzig und hängen zerrissen an ihrem halb nackten, mageren

Leib. In ihrer Hand blitzt etwas auf: ein Messer. Ihr Heulen und Stöhnen gipfelt in grässlichem Schreien. Entsetzt presse ich mir die Hände an die Ohren.

Sie stürzt wie von Furien getrieben an mir vorbei, springt auf ein hölzernes Podest. Jemand stellt sich ihr in den Weg. Sie lässt sich nicht aufhalten. Plötzlich stehe ich unter einem schief aus dem Boden aufragenden Galgen. Sie stößt mir das Messer bis zum Schaft in die Brust. Im letzten Moment scheint sie mich zu erkennen und sackt laut schreiend zusammen, während der Reiter mit seinem Pferd in einem weiten Satz über den Brunnen springt.

Ich erwache aus tiefer Ohnmacht. Der Park liegt im stillen Abendlicht ruhig da. Keine Menschenseele weit und breit. Ich rappele mich auf. Mein Kopf schmerzt, alle Knochen tun mir weh. Ich blicke an mir herunter, keine Verletzung, kein Blut. Nur wieder dieser fürchterliche Traum. Habe ich schon einmal gelebt? Gibt es ein Leben vor dem Leben? Warum wollte die junge Frau, in die sich Ruth Tischler verwandelte, mich töten, dort in den Ruinen der alten Burg? Was hat der Reiter damit zu tun? Ist er ein Bote aus längst vergangener Zeit? Ich habe keine Antwort auf diese quälenden Fragen. Ich werde mit Ruth Tischler sprechen. Irgendwann.

17. Süße Wasser

I.

Ein alter Ford Fiesta im Küstenbereich des Nerviatals. Abendstimmung über dem mit Steinen übersäten Flussbett, leichter Dunst über Olivenbäumen und Rohrbinsen am Ufer. Die Schatten werden länger, als hinter einer Biegung des Flusses Dolceaqua auftaucht. Ein grandioser Anblick: Das mittelalterliche Dorf zu Füßen des Monte Rebuffao, überragt von der gewaltigen Ruine der Burg der Dorias auf mächtigem Fels, eingezwängt zwischen Burgruine und Nervia-Fluss. Enge Gassen, hohe nah beieinanderstehende Häuser, graues Gemäuer am Rande winziger Gassen.

Quietschend hält der Wagen auf dem Marktplatz im Borgo-Viertel. Der Fahrer springt heraus und betritt mit einem kleinen Koffer das Hotel zu seiner Rechten. Der Wirt steht am Eingang, als habe er auf den Fremden gewartet, und zeigt ihm das winzige, saubere Zimmer ohne großen Komfort. Der späte Gast nickt, stellt seine Reisetasche ab, verlässt das Hotel und schlendert ruhelos durch den Ort, solange es noch hell ist. Auf der Piazza hält der Mann kurz inne vor der schwarzen Skulptur einer fast unbekleideten Ziegenhirtin samt ihren gehörnten Gefährten, am Fluss schaut er flüchtig auf die alte elegante Bogenbrücke, die „Ponte Vecchio", die Claude Monet „Juwel der Leichtigkeit" nannte. Als er zurückkommt, begegnet er dem Wirt im Gang zum Schankraum. Eine runde Neonleuchte an der Decke im Flur schwebt für einen kurzen Augenblick über dessen Kopf mit der hohen Stirn wie ein Heiligenschein. In kurzärmligem weißem Hemd, aus dem lange, dicht behaarte Arme heraushängen, starrt er den jungen Mann mit stechenden Augen unter dichten schwarzen Augenbrauen an, bevor er sein rundliches Gesicht zu einem breiten Grinsen verzieht. Sein Gast lächelt nur schwach zurück. In der engen Gaststube sitzen Männer beim Wein und begrüßen den Fremden wie einen alten Bekannten. Ein greiser Mann mit faltigen, freundlichen Gesichtszügen nickt ihm zu. Alle trinken den feurigen Rossese. Der Wirt bringt die Speisekarte, der Mann bestellt sein Essen und eine Flasche von Dolceaquas berühmtem Tropfen. Der Wirt schenkt ein, die einheimischen Gäste erheben ihr Glas zum Gruß. Das Essen wird serviert. Der Mann speist ohne großen Appetit. Der Alte schmaucht an seiner Pfeife und blickt aufmerksam herüber. Nach einiger Zeit legt er sie vorsichtig auf den Tisch und beginnt zu singen. Die Stretta des Manrico aus Verdis Troubadour. „Lodern zum Himmel." Der junge Mann fährt erschrocken hoch. Schmerzlich

zittert der schmale Mund in einem blassen Gesicht, aus dem grau-
blaue Augen unter schwarzen Haarsträhnen nichts als Trauer wider-
spiegeln.

II.

Tiefe Nacht über Dolceaqua. Knarrend öffnet sich die Eingangstür des Gasthofs. In einen langen, dunklen Mantel gehüllt überquert
der Fremde eilig den Marktplatz und wendet sich wie von Furien ge-
hetzt dem Ortsteil Terra zu. Das holprige Pflaster wirft seine Schritte
laut hallend gegen die rissigen Mauern der alten Steinhäuser. Der
Mann überschreitet die filigrane Brücke und taucht in den dunklen
Schatten der ersten Häuser, die sich wie Waben eng an den Hang
schmiegen. Er beschleunigt seine Schritte, bewegt sich wie ein
Schatten durch die Stützbogen und Arkaden, hetzt durch Grotten
und Tunnel. Er achtet nicht auf die Stille der Stiegen und Grüfte,
hastet vorbei an verfallenen Pforten. Scheu flüstern Düsternis und
Verfall. Hier im Labyrinth der Gassen regiert auch bei Tage der
Schatten, die Sonne erreicht nur die oberen Fenster der mehrstöcki-
gen Häuser. Ohne zu zögern, biegt der junge Mann um die letzte
Hausecke. Vor ihm ragt die hohle Ruine des Palastes in den tief-
schwarzen Himmel.

Ein tiefes Grollen erschüttert mit einem Mal den Monte Rebuffao, der Boden erzittert und zwingt den Fremden zum Einhalten. Er sieht, wie die Wände des Palastes ihre Konturen verlieren.

Die Ruine verwandelt sich zurück in das majestätische Bauwerk vor seiner Zerstörung: Die in Blei gefassten Fenster erstrahlen in rötlichem Licht, keine gesichtslosen Nischen mehr, flackernde Lichter auf den Mauersimsen, die Fahne der Dorias über dem Portal. Kulisse für die Legende von Lukrezia und Basso aus längst vergangenen Zeiten, in dieser Nacht gegenwärtig und nah. Ein Schrei aus dunklen Verliesen: Basso. Ein Ruck geht durch den jungen Mann: Lukrezia. Sie wollte einst dem Burgherrn, der das ius primae noctis wiedereinführen wollte, nicht zu Willen sein, sich nur ihrem Liebsten hingeben. Der Zwingherr legt sie in Ketten. Basso will sie retten, sein Leben für sie einsetzen, die sich dem Despoten verweigert hat, für ihn. Doch sie stirbt im Kerker. Basso wird sie rächen.

Die Nacht schweigt nicht länger, im Palast feiert der Imperiale eines seiner wüsten Feste. Der Lärm des Gelages schwappt über Basso zusammen, noch bevor er den Schatten der Mauern erreicht. Er zieht ein Messer unter seinem Mantel hervor und schleicht näher heran. Am Eingang steht im Licht qualmender Fackeln ein Trupp Soldaten und bewacht den Palast und seine Gäste. Sechs gegen einen, ein ungleicher Kampf, zumal er nur mit einem Messer bewaffnet ist. Aus dem Inneren ertönt ein lautes Kommando. Die Soldaten stürzen davon, der Weg scheint frei zu sein. Der junge Mann ist mit wenigen Schritten am Eingang und schaut in das Treppenhaus. Im unruhigen Schein rußiger Kerzen an den Wänden ist niemand zu sehen. Vorsichtig nähert Basso sich der ersten Treppenstufe, als die wilde Horde über ihn herfällt.

Der Kommandant sah ihn von einem Fenster aus heranschleichen und lockte ihn in die Falle.

Basso wehrt sich so gut er kann, muss aber vor der Übermacht kapitulieren. Sie schleppen ihn vor das Angesicht des Burgherrn, der ihn aus blutunterlaufenen Augen lauernd anstarrt. Die übrigen Gäste, von denen keiner mehr nüchtern ist, werden aufmerksam, der Lärm im Festsaal verebbt, die Dienerschaft zieht sich in die Nischen zurück. Der Offizier meldet, der Fremde habe mit einem Dolch in der Hand sich an die Burg herangeschlichen. Der Herrscher über Leben und Tod erhebt sich schwankend von seinem Sessel, wankt auf den Eindringling zu. Einer der Soldaten brüllt: Auf die Knie! Basso denkt nicht daran, zu gehorchen, doch sie zwingen ihn zu Boden. Der Offizier reicht dem Burgherrn das Messer. Ein Raunen geht durch die Festgesellschaft. Der Sohn des Imperiale ruft in den Saal: Ich kenne ihn, verehrter Vater, es ist Basso, der Sohn der Azucena, den Lucrezia für sich ausgewählt hat.

Der Burgherr erstarrt: Werft ihn in den Kerker. Morgen halte ich Gericht über ihn. Jetzt lasst uns weiter feiern. Er gibt den Musikern ein Zeichen. Die Soldaten zerren den Jungen hoch und schleppen ihn aus dem Saal, während der Lärm des Gelages wieder aufflammt.

III.

In Dolceaqua öffnen sich an vielen Häusern Türen und Fenster. Verschlafene Menschen schauen erschrocken zur Burgruine empor. Die mächtigen Fensterhöhlen sind von innen glutrot erleuchtet. Sie werfen ihr Unheil verkündendes Licht auf eine dunkelhäutige Frau, die direkt davor an einer zerfallenen Mauer lehnt. Dichte, schwarze Haarsträhnen unter einem buntfarbigen Kopftuch. Bassos Mutter Azucena.

Die alte Frau an der Mauer ist verzweifelt, schreit nach Rache, klagt eindringlich darüber, dass sie ihren Sohn und seine geliebte Lukrezia nicht retten konnte. Basso steht im Lichtschein der Flammen schreckensbleich da. Er wehrt sich kaum, als er von den Soldaten ergriffen und weggeschleppt wird. Sie bringen ihn zu einem mächtigen Scheiterhaufen vor der brennenden Burg und binden ihn an einen grob gezimmerten Pfahl. Lautes, wütendes Geschrei. Ein bärtiger Mann an einem der Burgfenster hebt den rechten Arm. Die

140

Männer halten Fackeln an die Holzscheite und zünden sie an. Gierig züngeln die Flammen empor, dichter Rauch entwickelt sich. Lucrezia! Ein unmenschlicher Schrei übertönt das Prasseln der Scheite.

Ein grauer, fahler Morgen bricht an. Im Gastraum des Hotels am Marktplatz in Dolceaqua schlägt es neun Uhr. Der späte Gast ist noch nicht wie angekündigt zum Frühstück erschienen. Der Wirt steigt die knarrenden Stiegen zu den Gästezimmern empor. Die anderen Gäste drängeln in heller Aufregung hinterher. Vor dem Zimmer des Fremden hält er an, klopft. Drinnen rührt sich nichts. Vorsichtig öffnet er die Tür. Das Bett ist zerwühlt, doch keine Spur vom nächtlichen Gast. Auch das Badezimmer nebenan ist leer. Der Wirt weiß, was das bedeutet: Andrea Doria saß zu Gericht.

18. Das unheimliche Haus

I.

Er ging den steilen Kiesweg hoch und sah das Haus aus einer Bodenwelle emporwachsen. Zuerst den Giebel und die Fenster mit den grünen Läden im ersten Stock, die im Wind auf dem grauen Putz der Vorderwand hin- und herschlugen. Dann tanzte mit jedem Schritt ein weiteres Stück des Gründerzeithauses auf dem rasenbedeckten Hang, zu dem er keuchend emporstieg. Das Haus sah unheimlich aus, geradezu unwirklich, als habe es die Luft angehalten und sich unter der Last der Vergangenheit gekrümmt.

Langsam näherte er sich der Stelle, an der der steile Anstieg in den Pfad mündete, der ebenerdig zum Eingang führte. Das Haus schwankte vor seinen Augen, während er sich nur noch mühsam auf den Beinen halten konnte. Es schien ihm, als winke es ab, als wäre er nicht willkommen.

Aber er ging weiter und trat unbeirrt in den Schatten, den das breite Satteldach ihm entgegenwarf. Es war, als sänke die Dämmerung herab, um sich wie ein Schutzmantel um ihn auszubreiten. Mühsam erreichte er die Hauswand und drückte sich an ihr entlang, bis er die Gartenseite erreicht hatte. Die Terrassentür stand offen. Ein schmaler Lichtstrahl fiel auf die schiefen, grauen Betonplatten, zwischen denen Gras und Moos wucherten.

Der rote Vorhang an der Tür flatterte leicht, als die alte Frau ihren Rollator auf die Terrasse schob. Schwerfällig tapste sie hinter ihrer Gehhilfe her, als würde sie über den unter ihren Füßen schwankenden Untergrund vorwärtsgeschoben. Sie blieb stehen und seufzte tief; der Mann an der Hauswand rührte sich nicht. Für einen kurzen schmerzlichen Augenblick schien die Welt stillzustehen, bis ein fettes Amselmännchen, verfolgt von einer laut schnarrenden Elster mit seinem Schimpfen die Wirklichkeit zurückbrachte. Die Frau zuckte zusammen, drehte sich um und schlurfte hinter ihrem Gefährt wieder ins Haus.

Benommen blieb der Mann dicht an die Hauswand gelehnt am Fuß der Terrasse stehen. Bilder, längst verloren geglaubt, tauchten auf und vergingen wieder, ohne dass er sie einordnen wollte. All diese Erinnerungen, weggesperrt in den Eiskeller der langen Jahre ohne Heimweh. Doch die Schatten drängten aus ihren Rahmen, sprengten ihre Ketten. Drinnen im Haus schlug jemand die Tasten eines Klaviers an, Töne ohne Zusammenhang, ohne Melodie, ohne Sinn. Zunächst nur ein leises Klimpern, das aber anschwoll, immer lauter, immer quälender, sich steigernd zu dem elenden Gesang einer verlorenen Kindheit. Seine Muskeln verkrampften sich, er hielt sich die Ohren zu, krümmte sich wie unter unsäglichen Schmerzen. Als der letzte Ton verklang, nur noch Stille, Totenstille.

Der Mann richtete sich wieder auf und ging auf die Tür zu, hinter die sich die Musik zurückgezogen hatte. Die Frau stand am Klavier und drehte ihm den Rücken zu. Er blieb stehen. „Mutter!"

II.

Den Friedhof betrat er zum ersten Mal. Glattgeharkte Wege, links und rechts Denkmäler, Kreuze, Blumenrabatten wie zu seinem Empfang aufgereiht. An den Kreuzungspunkten stockte er, schaute auf den Plan in seiner Hand, bog ab oder ging geradeaus weiter. Die Kronen der hohen Kastanien rauschten im Wind und lieferten die Begleitmusik zu seiner Suche. Zwanzig Jahre sind eine lange Zeit. Zwanzig Jahre sind zu kurz, um zu vergessen.

Der Blick des Mannes ging über die Gräber. Ein weißer Engel führte den Toten in die Ewigkeit, ein schlichter Stein erinnerte an den, der unter ihm begraben lag. Hier ein schlichtes Holzkreuz, dort ein gewaltiger Findling, in den Schriftzeichen eingraviert waren.

Kurze Schlaglichter auf dem Weg zur letzten Ruhestätte von Thomas Gruber.

Ein einfaches Grab, eingerahmt von grauem Basalt, eine glatte, rote Platte mit dem Namen des Toten, seinem Geburts- und Todesdatum, eine Kiefer, tief gebückt, umgeben von einem Kranz Stiefmütterchen, eine leergebrannte Grableuchte, eine Vase, windschief und ohne Blumenschmuck. Dieser Ort verweigerte den Trost.

III.

„Mutter, ich bin es." Er sprach mit belegter Stimme. Sie hallte dumpf durch den Raum und schien bei der alten Frau nicht anzukommen, denn sie rührte sich nicht, sah so aus, als horche sie in sich hinein.

„Mutter, hörst du mich?" Er sprach lauter, glaubte ein Zucken des alten Körpers zu sehen. Er ging einen Schritt auf sie zu, als sie aus ihrer Teilnahmslosigkeit zu erwachen schien. Langsam wie in Zeitlupe drehte sie sich zu ihm hin und sah aus ihren wässrigen Augen in seine Richtung. Der Blick ging ins Leere und traf ihn dennoch bis ins Mark.

„Mutter, ich bin es, Thomas", sagte er und versuchte, ihre Augen an sich zu binden. Die alte Frau flüsterte etwas, das wie Thomas klang, und drehte sich wieder weg. Dann griff sie zum Rollator und verließ, wie an ihn gekettet, den Raum. Der Teppichboden verschluckte fast alle Geräusche bis auf ein Knacken, das aus dem Inneren des schlaffen Körpers kam und ihn an die Geräusche der Achslager seines alten Wagens erinnerte, den er vor dem Haus abgestellt hatte.

Er wollte schon hinter seiner Mutter hergehen, als sein Blick auf das Bild fiel.

IV.

„Vater, ich kann die Jahre nicht zurückkaufen", flüsterte er, „ich habe mich an mein Weinen erinnert." Er stand einen Augenblick schweigend da und starrte auf den Grabstein. Von dort kam keine Antwort.

„Mutter", rief er, „ich hätte dich gebraucht. Du hättest ihn …", er brach unvermittelt ab und schluchzte leise.

„Ich kann die Jahre nicht zurück …", er tastete seine Taschen nach einem Taschentuch ab.

„Seine Hände … rücksichtslos, gierig … auf meinem kleinen Körper …", er sprach wie im Traum, leise, unzusammenhängend, at-
mete jedes Wort einzeln aus. Aber niemand war da, der ihn verstand.

„Wer fängt mich auf, wenn ich falle? Wer dringt in meine dunkle
Stille ein und macht sie hell?"

V.

An der Wand hing ein nur unvollkommen beleuchtetes Aquarell
aus wenigen unterschiedlichen Farbtönen. Ein Bild, ganz im Stil seines Vaters, der an der Kunsthochschule studiert hatte, bevor er auf
Jura umsattelte und sein Leben verschenkte. Sein Vater hatte es
wohl nach der Flucht seines Sohnes gemalt und hier aufgehängt. An
dieser Stelle sollte es wohl geduldig auf Thomas warten, solange er
weg war, und ihn empfangen, wenn er in das Haus zurückkehrte,
das einmal sein Elternhaus gewesen war.

Sein Vater hatte es gemalt, die gleichen Hände hatten den Pinsel
geführt, deren grober Gewalt der Sohn ausgeliefert gewesen war. Er
war älter geworden, aber genauso wenig frei wie damals, auch wenn
er nun mit eigenen Augen sah, wie sein Vater die Geschichte seines

Lebens mit Frau und Kind in ein Bild gepresst hatte, Vergangenheit, Gegenwart und Zukunft zugleich.

Das rechteckige Gemälde hing leicht schief mitten auf der Wand, als gehöre es nicht dorthin und hätte versucht, sich von dem Haken abzuschütteln. Auf seiner linken Hälfte stand eine Frau an einem altertümlichen Herd und rührte in einem großen Topf herum, während sie mit der linken Hand so etwas wie Salz hinein streute.

Vor ihr hingen alle möglichen Küchengeräte ungeordnet an einem Holzregal, auf dem Gefäße von unterschiedlicher Größe herumstanden. Einige trugen Aufschriften: Salz, Pfeffer, Kümmel, Lavendel. Die Frau hatte die Haare zu einem Zopf nach hinten gebunden und trug eine blau- weiß gestreifte Schürze.

Für Thomas war es nicht schwer, seine Mutter zu erkennen. Es war ihre Küche, ihr Zopf, den sie zum Kochen trug, ihre Haltung am Herd, mit der der Maler sie in ihrer ganzen Unterwürfigkeit entlarvte.

Die rechte Seite des Bildes wäre für jeden Betrachter nur schwer zu ertragen gewesen, umso mehr für den, der in diesem Augenblick direkt vor ihr stand. Ein halb nackter, grobschlächtiger Mann trug nicht mehr als ein kurzärmliges Unterhemd und schaute triumphierend in seine Richtung. Auf einem Bett hinter ihm wand sich ein nackter Junge offensichtlich unter Schmerzen, was der Maler durch die Unschärfe der Konturen des kleinen Körpers dargestellt hatte.

Vor diesem Bild war jede Flucht zu Ende. Während er seinen Blick nicht von der Darstellung abwenden konnte, erlebte er alles noch einmal, was er nach seiner Flucht aus dem Elternhaus niemals hatte abschütteln können. Es haftete an ihm, auf seiner Haut, wie unheilbarer Aussatz.

Ein Geräusch aus dem Nebenzimmer lenkte ihn von der weiteren Betrachtung ab. Er ging auf die offenstehende Tür zu. Ein eiskalter Luftzug fiel ihn an und schien ihm den Eintritt verwehren zu wollen. Er blieb stehen und horchte angestrengt nach nebenan. Totenstille. Kurze Zeit später schlug die Standuhr, in deren Kasten er sich als Kind vor dem bösen Wolf zu verstecken suchte, viermal. Der Wolf hatte ihn jedes Mal gefunden. Ein dumpfes Geräusch ließ ihn hochschrecken, zögernd überwand er die wenigen Meter zur Tür.

Der Nebenraum sah aus, als habe er sich gegen seine Mutter gewehrt. Die Stehlampe mit dem gelben Blümchenschirm war umgekippt, eine winzige Glühbirne flackerte nervös und erlosch dann ganz. Seine Mutter hatte versucht, sich an der Lampe festzuklammern, und war mit ihr zu Boden gestürzt. Der Rollator lag wie ein Käfer auf dem Rücken und streckte alle Räder von sich. Der Mann lief zu seiner Mutter hin und beugte sich zu ihr herab. Sie lebte noch.

VI.

Er betrat das Krankenhaus durch einen Nebeneingang. Zielstrebig steuerte er auf einen der Aufzüge zu und ließ sich in den zweiten Stock bringen. Von seiner Hand hingen ein paar weiße Nelken herab, als gehörten sie nicht zu ihm. Die Kabine brachte ihn fast lautlos nach oben. Ohne nachzudenken, wandte er sich nach rechts. Je näher er der Tür kam, hinter der sie lag und auf ihn wartete, umso langsamer wurden seine Schritte. Zum Schluss schlich er widerstrebend unter der schweren Last seiner Erinnerungen auf das Ende des Gangs zu.

Vor der Tür mit der Nummer 66 blieb er einen Augenblick unschlüssig stehen, dann klopfte er an. Keine Antwort. Er führte sein Ohr dicht an das Türblatt und horchte angestrengt. Kein Laut drang aus dem Krankenzimmer nach draußen. Vorsichtig drückte er die Klinke nach unten und öffnete. Sein Blick fiel auf ein riesiges Bett, das fast den ganzen Raum einnahm. An einem Gestell daneben hingen zwei Flaschen, aus denen eine gelbliche Flüssigkeit in Schläuche tropfte, die zu der alten Frau führten, die ihn aus großen Augen unverwandt ansah. Ihre Lippen bewegten sich unaufhörlich, als wolle sie dem Mann in der Tür, der ihr Sohn war, etwas mitteilen. Da liegt sie, dachte er, so hilflos, wie sie es sein ganzes Leben lang war, solange mein Vater es mit ihr teilte, und wohl auch darüber hinaus.

Er schob einen Stuhl an ihre Seite, setzte sich und gab sich Mühe zu verstehen, was seine Mutter flüsterte, doch die Worte schwanden dahin, als würden sie von einem leichten Windzug erfasst. Er rückte noch näher an sie heran und beugte sich über sie. Nun verstand er.

„Verzeih mir, mein Sohn", hauchte seine Mutter immer wieder. Er sah ihren flehentlichen Blick, nahm zögernd ihre Hand, hielt sie fest und drückte sie.

E. Die Tote am Fluss

19. Das Geheimnis des blauen Gartens

E in Schreiben aus dem Notariat Dr. Siegel forderte mich auf, wegen einer Testamentseröffnung am nächsten Dienstag 10.00 Uhr in der Kanzlei in der Sulzbacher Straße zu erscheinen. Kein Wort darüber, um wessen Testament es sich handelte.

Ich hatte mit Testamentseröffnungen keine Erfahrung und dachte als Erstes darüber nach, was ich zu diesem Anlass anziehen sollte. Ich ging zum Kleiderschrank und arbeitete mich durch meine Garderobe ohne ein Ergebnis zu erzielen, das mich hätte zufriedenstellen können. Schließlich gab ich auf und entschloss mich, nicht hinzugehen. Meinem besten Freund, der mich am Nachmittag besuchte, zeigte ich das Schreiben und erzählte ihm von meinem Entschluss.

„Das ist ein Pflichttermin", wollte er mir weismachen.

„Bei Nichterscheinen wirst du zwangsweise dem Notar vorgeführt", meinte er dann noch augenzwinkernd, als er mein ungläubiges Gesicht sah.

Montags kaufte ich mir also im Kaufhof einen neuen Anzug, die passenden Schuhe dazu und stellte mich äußerlich runderneuert zum vorgesehenen Termin in der Kanzlei Dr. Siegel ein. Und hier erlebte ich eine weitere Überraschung. Ich traf genau auf den Teil meiner weitverzweigten Verwandtschaft, um den ich in den letzten zwanzig Jahren einen weiten Bogen gemacht hatte. Vor allem auf den Anblick meines Vetters Norbert, Vetter mütterlicherseits, hätte ich auch weiterhin gern verzichtet. Sein Gesicht erinnerte mich an die schmerzverzerrte Schnauze eines Dackels, dem ich beim Kauf des Anzugs versehentlich auf den Schwanz getreten war.

Kein Wunder, dass wir mehr oder weniger befangen herumstanden, als der Notar endlich eintrat. Der sehr gepflegte Endvierziger im grauen Nadelstreifenanzug, dezenter, dunkelblauer Krawatte und straff nach hinten gekämmten Haaren forderte uns auf, auf den bereitgestellten Stühlen Platz zu nehmen. Seine attraktive Sekretärin hinter ihm, mit der Norbert vergeblich zu flirten versuchte, bot uns Kaffee oder Tee an. Ich verzichtete wegen meines Blutdrucks auf den Kaffee, zumal zu allem Überfluss Vetter Norbert neben mir Platz nahm und mich unverschämt angrinste.

Dr. Siegel begann nach einigen Eingangsfloskeln mit der Verlesung des Testaments. So erfuhr ich, dass mein Onkel Walter gestorben war, zu dem ich vor vielen Jahren jeglichen Kontakt abgebrochen hatte, nachdem seine Frau, meine geliebte Tante Betty, unter mysteriösen Umständen verschwunden und bis zum heutigen Tag nicht wieder aufgetaucht war. Die Polizei hatte die Akten geschlossen, nachdem auch die Sendung XY ungelöst keine verwertbaren Ergebnisse erzielt hatte. Mein Onkel ließ Tante Betty nach der von Amts wegen vorgesehenen Mindestzeit für tot erklären.

Während ich dasaß und jeden weiteren Blickkontakt mit Vetter Norbert zu vermeiden suchte, las der Notar pausenlos aus dem umfangreichen Testament vor. Ich sah, wie sich seine Lippen bewegten, doch seine Worte drangen nicht bis zu mir, da ich es vorzog, Tante Betty vor Augen, vor mich hin zu träumen. Plötzlich drehte sich die ganze Gesellschaft zu mir hin und das Gesicht meines Vetters nahm eine ungesund blasse Farbe an, während der letzte Halbsatz aus dem Munde des fleißigen Notars mich wieder erreichte.

„... mein Haus in Ansbach samt dem dazugehörigen Grundstück."

Der Notar sah aufmerksam zu mir herüber. Ja, mein Onkel besaß ein Haus in Ansbach oder besser, da er verstorben war, hatte ein Haus in Ansbach besessen, aber was hatte ich damit zu tun.

Dr. Siegel bat am Ende seines langen Vortrags alle Erben, sich zur Unterschriftsleistung nach vorn zu begeben. Als ich zögerte, winkte er mich zu sich.

„Ich weiß nicht, ob Sie alles richtig verstanden haben. Sie schienen mir nicht so ganz bei der Sache zu sein."

Nun erfuhr ich, dass mein Onkel mir wider besseres Wissen, so empfand ich es, sein wunderschönes Haus in Ansbach mit großem Gartengrundstück hinterlassen hatte.

„Das Haus steht seit einigen Monaten leer, seitdem Onkel Walter im Altenheim lebte", teilte der Notar mir mit, „eine Nachbarin sieht hin und wieder nach dem Rechten. Nehmen Sie das Erbe an?"

„Ich nehme das Erbe an", antwortete ich und beschloss, so schnell wie möglich mein neues Eigentum in Augenschein zu nehmen.

Von Nürnberg fährt man 40 km über die B 14 nach Ansbach. Am Sonntagmorgen fuhr ich früh los und war nach einer Stunde an Ort und Stelle. Ich klingelte bei der Nachbarin, deren Name und Adresse Dr. Siegel mir gegeben hatte. Frau Ohmert, eine ältere Dame um die sechzig mit makelloser Dauerwelle, zu der der alte mit Blumenmustern bedeckte Kittel einen seltsamen Kontrast bot, öffnete die Tür. Sie bat mich in ihr gemütliches Wohnzimmer, wies auf ein blau weißes Plüschsofa und machte mir einen grünen Tee. Dann saßen wir beieinander und plauderten. In der Beurteilung meines Onkels waren wir uns anscheinend einig. Frau Ohmert widersprach mir nicht.

„Tante Betty dagegen war eine überaus angenehme Nachbarin. Ihr plötzliches Verschwinden ist uns allen sehr nahegegangen."

Ich nickte zustimmend. Eine Person vom Kaliber meiner Tante, die zu ihren besten Zeiten mühelos zwei Zentner auf die Waage brachte, hatte sich einfach in Luft aufgelöst.

„Ich habe der Polizei damals übelgenommen, zu schnell die Akten geschlossen zu haben. Ich vermute, mein Onkel hat seinen ganzen Einfluss als Kommunalpolitiker in die Waagschale geworfen."

Frau Ohmert schwieg.

Inzwischen schuf der Tee in meinem Inneren eine wohlige Wärme, die mich schläfrig machte. Vor meinem geistigen Auge erschien Tante Betty wie ein riesiger, wohltuender Schatten, der mich einlullte.

„Nun wollen Sie doch sicher ihr neues Haus besichtigen."

Frau Ohmert stand auf und riss mich schmunzelnd aus meinen Träumen. Ich kam nur mühsam zu mir, während sie mit einem großen Schlüsselbund bewaffnet vor mir herging.

Wir betraten den Garten durch eine kleine Pforte an dessen Rückseite. Sie war in eine fast mannshohe Thujahecke eingelassen, die unmittelbar an Frau Ohmerts Anwesen grenzte. Mit einem Schlag wurde ich in meine Kinderzeit zurückversetzt und sah mich durch den verwunschenen Garten laufen. Alles war noch so, wie ich es in Erinnerung hatte.

Wir gingen über einen gepflasterten Weg zwischen gepflegten Beeten hindurch. Frau Ohmert hatte ganze Arbeit geleistet. Blüten in allen Farben, ein kurz geschnittener Rasen, Büsche und Bäume, die Schatten auf eine große Terrasse warfen. Dahinter die Villa aus der Gründerzeit, von Efeu begrünt und beleuchtet von der sanften Nachmittagssonne. Ich war zurück in meinem blauen Garten. So hatte ich ihn genannt, weil diese Farbe deutlich vorherrschte. Hibiskus, Vergissmeinnicht, Primeln, Akelei, Rittersporn und Eisenhut; Tante Betty hatte Pflanzen mit blauen Blüten geliebt.

„Frau Ohmert, das ist traumhaft schön."

Ich fackelte nicht lange, folgte einem inneren Zwang, so sehe ich es heute, ließ das Haus renovieren und zog nach einigen Monaten ein, nachdem man mich auf meinen Antrag hin nach Ansbach versetzt hatte. Wochenlang brannte bereits im Frühjahr die Sonne mit voller Kraft vom Himmel, während ich nach Feierabend im Schatten der Büsche auf der Terrasse saß und in meinen blauen Garten blickte. Frau Ohmert kam hin und wieder herüber und trank mit mir einen grünen Tee.

„Ich möchte in der Nähe der Hecke ein kleines Gartenhaus errichten", erzählte ich ihr bei einer solchen Gelegenheit, „ein besonders schmuckes habe ich mir im Katalog eines Baumarkts ausgesucht, das mit seinen strahlend gelben Brettern einen kräftigen Kontrast zu den vielen Blautönen darstellt. Die kleine Rasenfläche an der Hecke", ich zeigte mit der Hand in diese Richtung, „bietet sich doch als Standort an."

Frau Ohmert war nicht begeistert, so schien es mir, und schlug einen anderen Standort vor. Doch ich hatte mich längst festgelegt.

Da die genauen Maße im Prospekt angegeben waren, begann ich am nächsten Tag damit, ein Loch für die Betonplatte auszuheben, auf der das Schmuckstück stehen sollte. Zuerst entfernte ich mühselig den Rasen. Danach kam ich in dem weichen Boden besser vorwärts. Ich arbeitete wie besessen, als ob ich einen Schatz heben wollte. So wunderte es mich auch nicht, als ich mit der Hacke auf etwas Festes, Unnachgiebiges stieß. Das war die Schatztruhe. Was denn sonst? Das Objekt im Boden wehrte sich gegen seine Enttarnung mit allen Mitteln. Ich schwitzte und fluchte, bis ich es endlich geschafft hatte. Was soll ich sagen? Zum Vorschein kamen die Reste von ungehobelten Brettern, die zu lange im Erdreich gelegen hatten.

Darunter fand ich Tante Betty, was an Hand ihres Gebisses einwandfrei geklärt wurde. Ihr Zahnarzt Dr. med. dent. Friedrich Glauber hatte Skrupel gehabt und die Unterlagen aufbewahrt.

Wir haben Tante Betty nach der gerichtsmedizinischen Untersuchung in allen Ehren beerdigt. Die Familie traf sich erneut, diesmal am offenen Grab. Ausgerechnet Vetter Norbert hielt eine Ansprache, in der er Onkel Walter nicht schonte.

Frau Ohmert stand regungslos neben mir und nickte hin und wieder, als ob sie meinem Vetter zustimmen wollte. Ich fühlte mich bemüßigt, in einer nahen gelegenen Gastwirtschaft einen Imbiss zu arrangieren.

Am nächsten Tag saß ich in der Bibliothek meines Hauses und schaute auf die Straße hinaus. Ganz in Gedanken griff ich nach der „Schatzinsel", meinem Lieblingsbuch aus Kindertagen, das neben Robinson Crusoe, dem Lederstrumpf und einigen Schmökern von Karl May im Regal stand. Tante Betty hatte mir diese Bücher nach und nach geschenkt. Ich hatte sie heißhungrig verschlungen und mich in ferne Länder geträumt. Aus der Schatzinsel rutschte ein Zettel heraus und segelte langsam zum Fußboden. Ich hob ihn auf und staunte nicht schlecht. Ich hatte eine Karte vor mir, eine Karte vom blauen Garten. Ein dickes Kreuz war genau dort eingezeichnet, wo ich die sterblichen Überreste gefunden hatte.

Was ich aber dann auf der Rückseite des Zettels in ungelenker Handschrift las, brachte mich fast um den Verstand. Ohne zu zögern rannte ich zu Frau Ohmert hinüber und reichte ihr den Zettel. Als sie ihn las, begann sie am ganzen Leib zu zittern. Mühsam stand sie auf und schlich in die Küche.

„Ich koche uns einen Tee und dann reden wir über alles."

So erfuhr ich, dass mein Onkel mit seiner Nachbarin ein Verhältnis gehabt hatte. Tante Betty erwischte die beiden eines Tages in flagranti. Es kam zu einem Handgemenge, bei dem sie mit dem Kopf auf eine Bettkante stürzte. Sie war auf der Stelle tot.

„Mein Onkel kannte meine Leidenschaft für die Schatzinsel."

Frau Ohmert trank ihren Tee ganz gegen ihre sonstigen Gewohnheiten in einem Schluck.

„Er wollte wohl, dass Betty doch noch neben ihm ihre Ruhe findet."

Ich sah Frau Ohmert an. Sie war blass geworden. Die Tasse fiel ihr aus der Hand. Ihr Kopf sank auf die Tischplatte.

20. Die Tote am Fluss

I.

Hätte ich auf den Rat meiner Freunde gehört, wäre mir das alles erspart geblieben. So aber brach der Gewittersturm aus heiterem Himmel über mich herein.

Alles begann mit meinem Entschluss, allein zum Angeln zu gehen. Angeln ist ... nein ... war meine große Leidenschaft. Ein leichter Nieselregen hielt mich nicht davon ab, meinen Lieblingsplatz am Fluss aufzusuchen. Hier hatte ich am vergangenen Wochenende einen kapitalen Hecht gefangen.

Heute ließ ich mein Boot wegen der schlechten Witterung weiter oben im Bootshaus des Fischereivereins zurück, ging zu Fuß weiter und schlug ein kleines Zelt auf, in das ich mich schon bald wegen des anhaltenden Regens fröstelnd zurückzog.

Die Angel vertäute ich am Ufer und wartete. So saß ich stundenlang. Kein Fisch kam in die Nähe meines Köders.

Das gleichmäßige Plätschern der Wellen und das Hämmern der Regentropfen auf dem Zeltdach schläferten mich ein, bis ein ungewohntes Geräusch mich plötzlich hochschrecken ließ. Unmittelbar am Ufer schaukelte ein Boot ... mein Boot ... auf den Wellen. Unmöglich, dachte ich, doch vorn auf der Bootswand stand klar und deutlich geschrieben: Patricia. So hieß das Mädchen, mit dem ich vor einiger Zeit Schluss gemacht hatte, weil es meine Angelleidenschaft nicht teilen mochte.

II.

Den Namen muss ich schleunigst überpinseln, dachte ich noch und wollte mich gerade meinen Gedanken über die Unvereinbarkeit des Angelsports und der Freundschaft zum weiblichen Geschlecht hingeben, als ein kurzer Blick in das Innere des Boots mir das Blut in den Adern gefrieren ließ. In einer kleinen Wasserlache entdeckte ich einen nackten Mädchenkörper. Ich rannte in voller Montur ins Wasser und hielt den Daumen an ihre Halsschlagader. Kein Puls. Sie lag auf dem Bauch, ich drehte den Körper vorsichtig um und erstarrte. Vor mir lag Patricia Kötting, die Namensgeberin des Boots. Sie blutete heftig aus einer Wunde an der Stirn. Ich erkannte sie kaum wieder. Abgemagert wie sie war, bestand sie nur noch aus Haut und Knochen.

III.

Während ich noch mit dem Leichnam Patricias beschäftigt war, näherte sich jemand dem Ufer. Ich hörte seine Schritte im letzten Augenblick. Eine kräftige Gestalt schälte sich aus den Schilfhalmen, die das Ufer abschirmten, und stand wie ein Schattenriss vor dem inzwischen hell gewordenen Abendhimmel.

Die Situation schien eindeutig: Ich stand im Wasser und beugte mich über eine Frauenleiche, an die ich anscheinend gerade eben Hand angelegt hatte. Auf frischer Tat ertappt. Schon griff der Mann zum Handy und rief die Polizei an, noch bevor ich dazu kam, ihm die unübersichtliche Situation zu erklären. Ich dachte verzweifelt nach, wie ich aus diesem Dilemma herauskommen könnte. Eine Flucht im Boot mit einer nackten Frauenleiche an Bord wäre einem Schuldeingeständnis gleichgekommen. Wohin hätte ich auch fliehen sollen? Nach vorn versperrte mir der Fremde den Weg. Der wollte zudem nichts von Erklärungen wissen und raunzte mich nur an, das könne ich alles der Polizei erzählen.

Der Rest ist schnell berichtet. Alles lief ab wie ein böser Traum. Abgeführt wie ein Schwerverbrecher, pausenlos verhört, wegen Totschlags zu 15 Jahren verurteilt. 10 Jahre davon habe ich hinter Zuchthausmauern verbracht.

IV.

Am 12. August besuchte mich überraschend Kommissar Bürger. Wie durch Nebelschwaden hindurch nahm ich ihn wahr, als er im Besucherraum vor mir saß. Er sagte etwas von unschuldig und Justizirrtum. Sprach er von mir? Ich konnte seine Worte nur mühsam einordnen. Immerhin wurde mir klar, dass nach so langer Zeit der wirkliche Mörder der Polizei ins Netz gegangen war. Ich konnte das Gefängnis noch am gleichen Tag verlassen. Mein Verfahren soll wieder aufgerollt werden.

Inzwischen weiß ich, was wirklich passiert ist. Drei weitere Vergewaltigungen und Morde an Frauen in den letzten zehn Jahren sind aufgeklärt. Sie alle wurden von dem Mann begangen, der auch Patricia auf dem Gewissen hat. Kommissar Bürger entdeckte Ähnlichkeiten zu meinem Fall, der ihm immer wieder durch den Kopf gegangen war, weil er insgeheim an meine Unschuld glaubte.

Patricia war aus Gram über mein Verhalten magersüchtig geworden und trieb sich häufig am Fluss herum und beobachtete mich von Weitem. Der Mann, der mich der Polizei übergeben hatte, nutzte die Gunst der Stunde, überfiel sie am Bootshaus, vergewaltigte sie in meinem Boot und erschlug sie anschließend mit meiner Zange, auf der natürlich leicht meine Fingerabdrücke festzustellen waren. Der Mörder ließ das Boot mit dem nackten Mädchen den Fluss hinuntertreiben. Es trieb in die Bucht hinein, in der ich meine Angel ausgeworfen hatte. Der Mörder war dem Boot gefolgt, sah, dass es am Ufer hängen blieb und wollte es wieder flottmachen. Dann erblickte er mich und handelte spontan und konsequent.

Ich glaube nicht an Zufälle. Patricia Kötting ist mein Schicksal. Die 10 Jahre widme ich ihr, deren Leben ich zerstört habe, auch wenn ich sie nicht umbrachte.

21. Tod auf der Straße

I.

Ein Abend Mitte Oktober. Ein Scheinwerferbündel tastete sich irrlichternd durch den stockfinsteren Wald. Lichtreflexe huschten an Baumstämmen vorbei, verfingen sich zwischen herabhängenden Zweigen, tanzten wie Spukgestalten in einer Geisterbahn. Plötzlich ein dumpfer Schlag. Das Fahrzeug bäumte sich auf wie ein ungehorsames Pferd, schüttelte sich, schlingerte hin und her, bis es am Straßenrand zum Stehen kam.

Herbert Wieners Hände umklammerten das Lenkrad. Minutenlang war er unfähig, einen klaren Gedanken zu fassen. Dann stieg er zitternd aus, tastete sich um den Wagen herum, öffnete den Kofferraum und kramte nach einer Taschenlampe. Als er sie endlich fand und ihren dünnen Lichtkegel umherschweifen ließ, musste er einsehen, dass die Dunkelheit eine undurchdringliche Wand bildete, hinter die er nicht zu blicken vermochte. Herbert Wiener zog sich schwer atmend in den Wagen zurück, schaltete die Warnblinkanlage ein und rief von seinem Handy aus die Polizei an.

II.

Ernst Walter hat die Ratschläge seines Freundes und Hobbyastrologen Friedrich Hilger in den Wind geschlagen. Er hatte ihn gewarnt, als Eva in sein Leben trat und ihm gestand, sie sei im April geboren.

„Ich traue euch, wenn alles gut geht, eine mehr oder weniger glückliche Affäre zu", hatte er zu bedenken gegeben, „aber träume nicht von einer Ehe mit einem Widder."

„Du kannst reden, so viel du willst. Eva ist die Frau meines Lebens."

„Du bist ein typischer Waagemensch", hatte Friedrich ungerührt weiterdoziert, „du kannst bei Eva einiges hervorlocken. Aber auf lange Sicht wird sie dich enttäuschen, glaub mir."

Ernst Walter hörte nicht auf seinen Freund und forderte die Sterne heraus.

III.

Herbert Wiener bemerkte den Streifenwagen erst, als er hinter seinem Fahrzeug anhielt. Im gleichen Augenblick rissen die Wolken auf, das Mondlicht verlieh der Szene einen blassen Anstrich. Herbert Wiener berichtete mit stockender Stimme. Die Polizisten holten nach, wozu er unter Schock kaum in der Lage gewesen war, sicherten professionell die Unfallstelle, nahmen einen kräftigen Scheinwerfer aus ihrem Fahrzeug und suchten die Umgebung systematisch ab. Schon nach kurzer Zeit fanden sie im Straßengraben die blutüberströmte Leiche eines kräftigen Mannes.

Laut Ausweis, den die Polizisten in der Brieftasche fanden, hieß der Verunglückte Ernst Walter. Er war bis zu seinem Tod Forstmeister; die Straße führte mitten durch sein Revier.

„Ich habe niemanden auf der Straße gesehen, glauben Sie mir", stammelte Herbert Wiener fassungslos, „im Scheinwerferkegel hätte er doch auftauchen müssen."

„Ihr Fahrzeug weist im oberen Bereich des Kühlergrills keinerlei Schäden auf", erklärte einer der beiden Polizisten, „die Bremsspur ist kurz, was auf eine relativ niedrige Geschwindigkeit hindeutet."

„Und was bedeutet das?"

Der Polizeibeamte schüttelte den Kopf. „Wir sollten die Ergebnisse von Spurensicherung und gerichtsmedizinischer Untersuchung abwarten. Doch ich vermute, der Mann lag schon auf der Straße, bevor Sie ihn überfahren haben."

Kurze Zeit später war der Wald fast taghell erleuchtet. Mehrere Streifenwagen sicherten den Unfallort ab. Notarzt und Spurensicherung gingen ihrer Arbeit nach. Die beiden Polizisten, die den Toten gefunden hatten, suchten mit ihrem Scheinwerfer den Waldweg ab, der unmittelbar neben dem Fundort der Leiche, auf die Straße einmündete. Auffällig war eine frische Fußspur. Hin und wieder hatten sich die Sohlen an laubfreien Stellen tief in den feuchten Boden eingedrückt.

„Mindestens Schuhgröße 47. Der Mann ist entweder ziemlich fett oder er hat etwas Schweres geschleppt." Einer der Polizisten lenkte den Kegel des Scheinwerfers genau auf den Fußabdruck. Sein Kollege nickte beifällig.

Sie gingen weiter. Plötzlich pfiff einer der beiden durch die Zähne und zeigte auf den Boden. Genau bis zu dieser Stelle war der Mann in Begleitung gewesen. Ab hier war er plötzlich allein und sank sehr viel tiefer ein, als dies in Begleitung der Fall gewesen war.

„Denkst du dasselbe wie ich?"

IV.

Die beiden Männer gingen wortlos durch das vom Regen feucht gewordene Herbstlaub nebeneinander her. Ernst Walter, ein kräftiger Mann in einem grünen Lodenmantel trug hohe Stiefel und hatte seinen breitkrempigen Hut tief ins Gesicht gezogen. Sein Begleiter steckte im Gegensatz dazu in einem dunkelblauen Anzug und hatte leichte Sommerhalbschuhe an seinen Füßen.

Plötzlich blieb einer der beiden stehen.

„Ich werde mich auf keinen Fall damit abfinden. Du kannst dir nicht alles leisten."

Der andere ging ein paar Schritte weiter, hielt an und drehte sich langsam um.

„Du hattest das Spiel doch schon verloren, als du es begonnen hast", sagte er voller Ironie in seiner Stimme, „die Sterne lügen nicht."

Die Männer setzten ihren gemeinsamen Weg fort. Als sie sich der Straße näherten, krümmte Ernst Walter sich plötzlich vor Schmerzen und sank langsam zu Boden. Der Mann vor ihm drehte sich um, trat neben ihn und beugte sich herab.

„Ich weiß nicht, was mit mir los ist", murmelte der am Boden, während sich seine Augen verdrehten.

„Der Schluck aus der Pulle eben auf der Lichtung. Es war ganz einfach. Schlaf gut."

Friedrich Hilger wartete noch einen Augenblick, dann hob er ihn ächzend hoch und trug ihn mit letzter Kraft auf die Straße, krampfhaft darum bemüht, Schleifspuren zu vermeiden.

Inzwischen war es dunkel geworden, die Bäume links und rechts blickten wie drohende Schatten auf die Gestalt herab, die sich kaum vom Asphalt abhob. Der Mann zog sich in den Wald zurück und wartete, bis er endlich Motorgeräusche hörte. Ein Wagen rauschte heran und erfasste das menschliche Hindernis.

„Fahr zur Hölle", rief der heimliche Beobachter und verließ schnellen Schrittes den Unglücksort.

V.

Die Standuhr schlug elf Mal. Eva öffnete die Tür und ging Friedrich Hilger entgegen, der mit schnellen Schritten auf die malerischen Buntsandsteinfelsen zustrebte, an die sich das Forsthaus anschmiegte. Sein Blick schweifte über die steinerne Kulisse. An einigen Stellen wuchsen Büsche aus Spalten heraus und hingen über dem Gebäude, als wollten sie es mitsamt seinen Bewohnern beschützen. Friedrich gab Eva einen flüchtigen Kuss, nahm sie an der Hand und zog sie ins Innere.

„Alles in Ordnung. Ich habe ihn auf die Straße geworfen und gewartet, bis ein Wagen kam und ihn überfahren hat."

„Und wenn er den Unfall überlebt?"

„Alle wissen doch, wie schwer er sich damit getan hat, dass du dich für mich entschieden hast. Er hat mehr als einmal von Selbstmord gesprochen. Deine traurigen Augen werden jeden Zweifler überzeugen. Die Widderfrau ist eine vollendete Schauspielerin, schillernd, bezaubernd, widersprüchlich und temperamentvoll, und sie hat die Fähigkeit, gefühlsmäßig so schnell umzuschalten, dass sie einen langsam reagierenden Mann in einer Staubwolke zurücklässt", las Friedrich Hilger vor. „Na ja, stimmt alles bis auf die Staubwolke", lachte er und nahm Eva in den Arm.

„Was ist mit dem Gift?"

„Das hat er in der Hosentasche."

Friedrich zog Eva - wie es für einen Löwen typisch ist - voller Leidenschaft zurück ins Schlafzimmer. Der Morgenmantel fiel unterwegs zu Boden.

VI.

Still und friedlich lag das Haus im milden Schein des aufgehenden Mondes, als ein Streifenwagen knirschend die Einfahrt herauffuhr und vor dem Eingang anhielt. Die beiden Beamten stiegen aus und betätigten den Handzug einer Glocke, der statt einer Klingel neben der Tür angebracht war. Ein schepperndes Geräusch unterbrach die Stille und hallte durch das Haus.

Erst nach dem dritten Versuch flammten die Außenleuchten auf. Eva Walter erschien in einem roten Morgenmantel an der Tür.

VII.

Die Beamten schauten sich an. Eva saß, immer noch in den Morgenmantel gehüllt, in einem Sessel und starrte an den Polizisten vorbei ins Leere. Friedrich Hilger, der sich als Freund des Hauses vorgestellt hatte, hielt ihre Hand. Sie gab sich Mühe, Betroffenheit zu zeigen. Ihre schauspielerische Leistung beeindruckte die beiden Polizisten. Sie wandten sich an Friedrich Hilger.

„Wo waren Sie heute Abend zwischen 18.00 und 22.00 Uhr?"

„Was soll das heißen? Ich war hier bei Eva."

„Was haben Sie für eine Schuhgröße?"

Friedrich Hilger sah die beiden Männer an und begann zu verstehen.

„Je nach Fabrikant 47 oder 48."

„Sie leben auf großem Fuß."

22. Trudel, nach einer wahren Geschichte

2 0. März 1996

Sie liegt auf dem Bett, dreht sich zu ihrem Mann hin und schaut ihn wütend an.

„Ich habe genug von deinen Lügengeschichten. Du hörst mit der Schlampe sofort auf oder ich stell dir die Koffer vor die Tür."

Der bärtige Mann ballt die Fäuste, sein nackter Oberkörper strafft sich. Er steht da wie eine Raubkatze, jeder Muskel gespannt zum entscheidenden Sprung.

„Und jetzt raus aus meinem Schlafzimmer!"

Der Mann betrachtet die Frau, die ihm einmal sehr viel bedeutet hat. Statt Liebe nur noch Hass und Verachtung. Ja, er hat sie betrogen, hat es lange vor ihr verbergen können. Er weiß nicht, wer es ihr verraten hat, aber das spielt jetzt auch keine Rolle mehr.

„Und du? Du bist eine Heilige. Das ich nicht lache. Wie heißt denn der Mann, der von morgens bis abends hinter dir her ist? Hast dich doch sicher mit ihm eingelassen. Wer ist denn hier die Schlampe?"

„Komm mir bloß nicht wieder damit. Was kann ich dafür, wenn mich dieser Stalker nicht in Ruhe lässt."

„Stalker. So nennt man das neuerdings also."

Wutentbrannt springt der Mann nach vorn, kniet sich aufs Bett und presst das Kissen auf das Gesicht der Frau. Sie schreit entsetzt auf und versucht mit beiden Händen, die Last, die ihr den Atem nimmt, zur Seite zu schieben. Ihr Körper zuckt unter dem mitleidlosen Griff, bis die Kräfte nachlassen und schließlich erlahmen. Der Mann hebt das Kissen vorsichtig hoch und blickt in die leeren Augen seiner Frau.

11. März 1996

Mitten in der Nacht biegt ein VW Kombi von der Landstraße in einen engen, grasbewachsenen Weg ab und fährt langsam in ein kleines Waldstück weiter, bis er von der Straße aus nicht mehr zu sehen ist. Hier hält er fast lautlos an, ein Mann steigt rasch aus, läuft um das Fahrzeug herum und öffnet den Kofferraum. Kahle Buchenzweige streuen diffuses Mondlicht auf den Waldboden, als der Mann ein Bündel aus dem Kofferraum hebt und sich mit seiner Last auf dem Rücken mühsam durch das Geäst zwängt. In der linken Hand trägt er einen Spaten. Trockenes Laub raschelt unter seinen Füßen. Nicht weit entfernt schlägt eine Kirchturmuhr. Am Rand einer kleinen Lichtung bleibt er stehen, wirft die offensichtlich schwere Last achtlos wie einen Sack Kartoffeln auf den Boden. Er nimmt den Spaten aus der linken in beide Hände und beginnt zu graben.

Eine Stunde später steigt er aus der Grube, nimmt ein Taschentuch aus der Hosentasche und wischt sich den Schweiß von der Stirn. Dann hebt er die in den Sack gehüllte Last an einer Schmalseite an und zieht sie auf das Loch zu, in dem er sie verschwinden lässt. Er blickt hinterher, nickt kurz, nimmt den Spaten wieder in die Hände und schaufelt das Loch eilig zu. Die Kirchturmuhr schlägt viermal. Helligkeit sickert zwischen den Bäumen hindurch. Der Mann versucht, die Spuren seiner nächtlichen Arbeit so gut es geht zu verwischen, und eilt zurück zu seinem Wagen.

Ein Monat später

Der Mann trifft den Bruder seiner Frau auf dessen ausdrücklichen Wunsch. Der empfängt ihn an der Tür seines Hauses.

„Ich glaube dir kein Wort. Sie würde sich niemals heimlich verdrücken und ihre Familie im Unklaren lassen."

„Lässt du mich herein oder soll ich gleich wieder gehen?"

Die beiden Männer gehen ins Haus und setzen sich an den Küchentisch. Der Mann sieht sein Gegenüber lange schweigend an.

„Sie hat sich in den letzten Jahren sehr verändert …"

„… durch deine Schuld."

Der Mann reicht ihm ein Schreiben über den Tisch. Der Bruder liest und schüttelt heftig den Kopf.

„Diesen Brief hat sie nie und nimmer geschrieben, den hast du dir aus den Fingern gesaugt."

Der Mann bleibt trotz dieser Vorwürfe äußerlich ruhig.

„Sie hat einen anderen kennengelernt und ist mit dem auf und davon … nach Portugal. Im Moment wohnt sie mit ihm auf der Finca einer Freundin. Sie hat sich bei mir für zwanzig Jahre Ehe bedankt und das war's."

„Sie lässt alles zurück und verschwindet nach Portugal? Das ist nicht dein Ernst. Sie verabschiedet sich weder von der Familie noch von ihren Arbeitskolleginnen? Das glaubst du doch selber nicht. - Unserem Vater geht es schlecht. Gib mir die Nummer der Freundin."

Der Mann steht auf.

„Ich habe nichts mehr dazu zu sagen. Sie muss euch schon von sich aus anrufen. Übrigens, ich lasse mich von ihr in Abwesenheit scheiden."

„Damit du freie Bahn bei deiner Neuen hast. Das könnte dir so passen. Aber was heißt hier neu. Mit der hast du dich ja schon eingelassen, als meine Schwester noch hier war. Das hat sie mir erzählt."

19. Juli 1996

Ernst Kelber lebt in Bad H. und fährt bei gutem Wetter häufig mit dem Rad durch den Wald nahe seines Heimatorts. Sein Schnauzer begleitet ihn auch an diesem sonnigen Julitag. Ernst biegt von einem der Hauptwege in einen schmalen Seitenpfad ab. Sein Hund streunt durch den angrenzenden Wald und bleibt hin und wieder schnuppernd stehen. Ernst Kelber hat ihn fest im Auge, auch wenn er einigen tiefhängenden Ästen ausweichen muss. Plötzlich bellt der Schnauzer aufgeregt und beginnt heftig zu scharren. Ernst ruft, doch sein Hund hört nicht auf ihn und verstärkt seine Wühlarbeit. Ernst hält an, lehnt sein Fahrrad gegen einen Fichtenstamm und geht auf die Stelle zu, die seinen Hund derart in Rage bringt. Was er sieht, erschreckt ihn zu Tode. Sein Schnauzer zerrt an einer menschlichen Hand oder vielmehr daran, was von ihr übriggeblieben ist.

8. Februar 2012, 16 Jahre später

Eine kurze Notiz landet versehentlich auf dem Schreibtisch von Wolfgang K., dem Redakteur einer Bonner Tageszeitung. Er liest: „Trudel U. wird für tot erklärt, wenn sie sich nicht bis zum 28. Februar 2012 in Zimmer 207 des Amtsgerichts einfindet."

Er reicht den Artikel seinem Kollegen über den Tisch.

„Ich habe nie davon gehört, obwohl ich aus Trudels Geburtsort stamme und die Familie kenne. Der Jupp soll mir mal die Akten besorgen."

Jupp sitzt im Amtsgericht und verschafft Wolfgang K. hin und wieder wichtige Unterlagen.

Der Kollege nickt.

„Halt mich auf dem Laufenden."

Wolfgang K. ist nicht nur Redakteur, sondern auch Krimiautor und riecht förmlich aufregende Geschichten. Berufsethos und Neugierde verbinden sich in diesem Fall zu einer brandgefährlichen Mischung, an die Wolfgang K. schon die Lunte hält.

Eine Woche später hält Wolfgang K. die Unterlagen in der Hand und zeigt sie einem Kollegen.

„Trudels Mann hat behauptet, sie sei mit einem Portugiesen in dessen Heimat durchgebrannt und habe ihm einen Abschiedsbrief geschrieben. Die Polizei hat den Fall nach wenigen Wochen zu den Akten gelegt. Schließlich kann jede Volljährige mit ihrem Leben machen, was sie will. Vor allem, wenn sie sich schriftlich äußert. Aber das Ganze gefällt mir nicht. Irgendetwas stimmt nicht."

„Trudel hat ihrem Ehemann in einem Brief für die gemeinsamen Jahre gedankt und sich 16 Jahre lang nicht mehr gemeldet?"

„Auch zur Beerdigung ihres Vaters ist sie nicht gekommen."

Wolfgang K. lässt der Fall Trudel U., wie er es jetzt nennt, keine Ruhe mehr.

„Kein Lebenszeichen von ihr über all die Jahre. Merkwürdig. Ich rufe mal ihren Mann an."

20. Februar 2012

Ein Vermummter nähert sich vorsichtig der Wohnungstür und lauscht. Alles ruhig. Kein Laut dringt aus der Wohnung ins Freie. Die Uhr an seinem Handgelenk zeigt zwei Uhr in der Nacht an. Wolken schieben sich vor den Mond, die Tür ist nur noch schemenhaft zu erkennen. Der Mann schaut nach oben und wartet, bis es wieder heller wird. Dann greift er in die Tasche, zieht einen Dietrich heraus und steckt ihn in das Türschloss. Vorsichtig dreht er das Instrument hin und her und öffnet die Tür. Es geht ihm leicht von der Hand. Fast geräuschlos schlüpft er hinein. Er steht in einem kleinen, etwa viereckigen Vorraum mit Garderobe, einem Tisch und zwei Stühlen. An drei Seiten führen Türen in die weiteren Räume des Untergeschosses, links windet sich eine Treppe in den ersten Stock. Der Mann bleibt einen Augenblick stehen. Das Haus schweigt, wirkt unbewohnt. Er wendet sich nach rechts, öffnet die Tür und schleicht in den Raum dahinter. Nachdem sich die Augen an die Dunkelheit gewöhnt haben, sieht er, dass er sich im Wohnzimmer befindet. Entschlossen steuert er das Bücherregal an, das die ganze hintere Wand einnimmt. Mit einer Taschenlampe, die er aus der Manteltasche hervorzaubert, leuchtet der Mann die Buchrücken ab, bis er findet, was er offensichtlich gesucht hat. Er lässt die Lampe in der Manteltasche verschwinden, zieht Handschuhe an, nimmt das Buch aus dem Regal, reißt die erste Seite mit dem Titelblatt heraus und legt sie neben das Buch auf den Wohnzimmertisch. Der Titel des Buchs lautet „Der Seelenbrecher" und stammt aus der Feder von Wolfgang K.

22. Februar 2012

Wolfgang K. erhält einen Anruf. Der Mann am Telefon weist ihn darauf hin, wie leicht er in seine Wohnung einbrechen konnte.

„Beim nächsten Mal schnappe ich mir deine Tochter. Also hör auf, herumzuspionieren."

Wolfgang K. ist sich nun sicher, dass er im Fall Trudel U. auf der richtigen Spur ist. Es ist kein Zufall, dass nach dem Gespräch mit dem Ehemann jemand in sein Haus eingedrungen ist. Er bringt seine Familie in Sicherheit und beginnt mit intensiven Recherchen. In der Zeitung lässt er Familienmitglieder und Arbeitskollegen von Trudel zu Wort kommen.

Den Durchbruch bringt ein Besuch von Werner W. in der Redaktion.

3. März 2012

Wolfgang K. führt den Besucher in sein Büro.

„Ich habe gelesen, dass sie sich wieder mit Trudel beschäftigen."

„Ja, ich glaube, dass da einiges nicht stimmt", Wolfgang K. überlegt einen Augenblick, „nein, glauben ist falsch, ich bin sicher."

Werner W. erzählt von einer XY-Sendung vom Juli 1996 mit einer unbekannten Toten.

„Sie haben das Gesicht der Toten rekonstruiert und ich musste gleich an meine Arbeitskollegin Trudel denken."

„Haben Sie damals etwas unternommen?"

„Ich habe den Bruder angerufen, aber der hatte die Sendung nicht gesehen. Bei der Polizei erzählten sie mir, sie hätten die Kleidung der Toten, soweit sie noch erkennbar war, auf einem Fahndungsfoto veröffentlicht."

„Und?"

„Nichts. Niemand hat sich gemeldet. Sie haben damals auch mit Trudels Ehemann gesprochen. Doch der hat wohl ausgeführt, das sei nicht die Kleidung seiner Frau. Auch das Zahnbild stimme nicht."

„Damit haben die sich begnügt?"

„Ja, haben sie wohl."

10. März 2012

Nach einem arbeitsintensiven Tag nähert Wolfgang K. sich seinem Haus. Seitdem er hier allein wohnt, bleibt er oft länger als früher in der Redaktion. Heute hat er seine Erkenntnisse noch einmal schriftlich zusammengefasst und das Schriftstück der Polizei übergeben. Die hat die Arbeit im Fall Trudel U. wiederaufgenommen. Polizeischutz hat Wolfgang K. abgelehnt. Für alle Fälle trägt er Pfefferspray griffbereit bei sich.

Er greift nach dem Schlüssel in der Jackentasche. Ein Geräusch hinter ihm lässt ihn herumfahren. Der Strahl einer Taschenlampe blendet ihn so sehr, dass er den Stock, der auf seinen Schädel auftrifft, nicht kommen sieht.

3 Stunden später

Wolfgang K schlägt die Augen auf und blickt gegen eine niedrige unverputzte Betondecke. An Händen und Füßen gefesselt kann er sich nicht bewegen. In seinem Kopf dröhnt es wie in einem Hammerwerk. Der Schmerz ist unerträglich. Seine Zunge klebt am Gaumen, sein Mund ist ausgetrocknet. Stöhnend dreht er seinen Kopf, soweit es geht. Er liegt in einem unaufgeräumten Keller zwischen Bierkästen und Gartengeräten, halb vollen Kartoffelsäcken und allem möglichen Plunder. Die Luft ist stickig. Mühsam erinnert Wolfgang K. sich daran, was vor seiner Haustür passiert ist.

17. März 2012

Die Polizei ist im Fall Wolfgang K. keinen Schritt weitergekommen. Nachdem seine Frau in der Zeitungsredaktion angerufen hatte, weil ihr Mann sich nicht zur verabredeten Zeit gemeldet hatte, begann man fieberhaft mit Nachforschungen. Ohne Erfolg. Gegen Trudels Ehemann richtet sich der erste Verdacht, doch er ist angeblich verreist und nicht erreichbar. Das Haus, in dem er mit seiner neuen Lebensgefährtin lebt, wird rund um die Uhr bewacht.

Drei Tage später

Im Fall der unbekannten Frauenleiche hat die Polizei mehr Erfolg. Kommissar Brands erhält einen Anruf aus dem Elisabeth-Krankenhaus.

„Ich verbinde Sie mit Dr. Bechtheim."

„Ja, hier Dr. Bechtheim. Sind Sie mit dem Fall Trudel U. neu befasst?"

„Ganz recht. Mein Name ist Brands, Mordkommission Bonn."

„Meine Oberschwester hat mir mitgeteilt, dass wir eine Blutkonserve von Trudel U. besitzen. Sie wurde ihr entnommen, als sie hier ihr Kind verloren hat."

„Was für ein Glücksfall. Entschuldigung. Natürlich nicht die Sache mit dem Kind. Ich lasse sie gleich abholen. Nun können wir zumindest klären, ob es sich bei dem Leichenfund um Trudel handelt oder nicht. Vielen Dank für Ihren Anruf."

Schon zwei Tage später ist es Gewissheit: Die Leiche im Wald ist das, was von Trudel U. nach so vielen Jahren übriggeblieben ist.

23. März 2012

Wolfgang K. dämmert zwischen Ohnmacht und Wachphasen hin und her. Die Frau mit der weißen Gesichtsmaske, die ihn in den letzten Tagen mit dem Nötigsten versorgt hat, hat sich noch nicht blicken lassen. Die Fesseln schneiden bei jeder Bewegung in seine Haut ein. Wolfgang K. stöhnt unter den Schmerzen. Die Frau war nicht bereit, sie zu lockern, während sie seinen Kopf anhob und ihm einen Löffel unsanft in den Mund steckte, um ihn zu füttern. Am Anfang hat er sich wie ein kleines Kind geweigert, den Fraß herunter zu schlingen. Inzwischen treibt der Hunger es hinein. Das anschließende Wasser trinkt er in großen Schlucken. Die Frau sprach kein Wort, was umso bedrohlicher wirkte. Aber noch schlimmer war das Warten in diesem Kellerloch. Die Zeit schien nicht zu vergehen, zumal er zur absoluten Untätigkeit verdammt war. Es gab nichts in diesem elenden Loch außer Spinnen, die ihm übers Gesicht liefen. Ein Redakteur, der an einer brandheißen Sache dran war und mit niemandem reden, stattdessen nur die Wände oder die Decke anstarren konnte.

Wolfgang K. wartet verzweifelt. Am rechten Handgelenk ist die Haut aufgeplatzt. Die Schmerzen werden immer unerträglicher.

Da. Ein Geräusch. Hat er sich verhört? War es sein Magen? Da, schon wieder. Deutlich und näher. Jemand ist an der Tür. Ein

Schlüssel dreht sich im Schloss. Wolfgang K. dreht mühsam seinen Kopf. Mehrere Personen betreten den Kellerraum.

Eine Stunde später

Wolfgang K. liegt auf einer Trage. Ein Notarzt kümmert sich um ihn und verbindet seine Hand- und Fußgelenke. Kommissar Brands tritt aufgeregt hinzu.

„Wir haben Trudels Mann verhaftet. Der DNA-Test war eindeutig. Doch ohne Sie hätten wir den Fall nicht wieder aufgerollt."

„Wer hat mich in dieses Kellerloch gesperrt?"

„Er war es. Er dachte wohl, Ihr Verschwinden könne ihn retten."

„Was hatte er vor?"

„Er wollte mit seiner Frau untertauchen."

„Sie hat mich versorgt?"

„Ja, sie hat uns auch informiert, als sie die Wahrheit erfuhr. Sie dachte, er wolle sich nur an Ihnen wegen der Berichterstattung rächen. Ich glaube ihr, dass sie nichts von dem Mord wusste."

Das Lügengebäude des Ehemanns brach rasch zusammen. Er wurde in erster Instanz verurteilt. Sein Bild in der Zeitung. Ein Augenblick jähen Erkennens. Er gab vor Jahren meinen Kindern Schwimmunterricht. Ich habe ihn gemocht.

23. Tödliche Verbindung

I.

Das Kind kam am 24. Dezember 2003 um 13.55 Uhr zur Welt. Es wog nur 2000 g und war 40 cm lang. Es schien fast, als wolle es in der Welt so wenig wie möglich auffallen. Es gab keinen Ton von sich, als die Hebamme ihm leicht auf den Po schlug. Alle üblichen Tests wurden durchgeführt und zeigten, dass das Kind trotz seiner geringen Größe und trotz seines geringen Gewichts gesund war. Man teilte der jungen Mutter mit, dass sie ein gesundes Mädchen geboren habe.

II.

Arzt und Hebamme schauten sich fragend an. „Nein", die Hebamme schüttelte heftig den Kopf, „der Vater des Kindes ist nicht gekommen. Auch hat sich sonst niemand blicken lassen."

An diesen traurigen Umständen änderte sich auch in den nächsten Tagen nur wenig. Im Übrigen fehlte es Mutter und Kind an nichts.

Sie wurden im Einzelzimmer vom Chefarzt persönlich betreut. Bald schon gaben sich die Besucher die Klinke in die Hand, denn Anna Torres ging in die zwölfte Klasse des städtischen Gymnasiums. Viele Klassenkameraden, viele Freundinnen und Freunde kamen zu ihr. Sie blieben von Tag zu Tag länger, da Anna sich von ihrem anfänglich schwachen Zustand zusehends erholte und so wenig wie möglich allein sein wollte. Ihrem Kind ging es gut. Auf Muttermilch musste es allerdings verzichten.

Als der Zeitpunkt heranrückte, an dem Mutter und Kind die Klinik verlassen konnten, fuhr ein Taxi vor.

„Ich danke Ihnen für Ihre große Hilfe." So verabschiedete Anna sich von Ärzten und Pflegepersonal und fuhr davon. Der Mann, der hin und wieder in der Klinik angerufen hatte, meldete sich nicht mehr. Alle angefallenen Kosten wurden umgehend beglichen.

III.

Im Hause Morawetz herrschte helle Aufregung. Der Sohn und Erbe des großen Sägewerks am Rande der kleinen Stadt hatte das Haus am 27. Dezember morgens gegen 10.15 Uhr verlassen und war seitdem nicht nach Hause gekommen. Auch über Handy war er nicht zu erreichen. Normalerweise meldete er sich, wenn er mehr als zwei Stunden außer Haus war. Nie blieb er, so wie heute, ohne eine Nachricht über Nacht weg.

Herr Morawetz griff zum Telefonhörer und wählte die Nummer der örtlichen Polizeibehörde. Polizeiobermeister Möller nahm die Mitteilung am 28. Dezember um 9.20 Uhr entgegen. Wegen des Ansehens der Familie Morawetz in der Stadt ging er sofort zur Villa des Sägewerksbesitzers und besprach vor Ort alle Einzelheiten. „Wir werden Ihren Sohn so schnell wie möglich finden." Alle in solchen Fällen üblichen Schritte wurden in Gang gesetzt. Die Maßnahmen blieben in den nächsten Tagen erfolglos.

IV.

Anna Torres lebte inzwischen im Haus ihrer älteren Schwester.

„Ich kann unsere Mutter nicht dazu bewegen, dich zu besuchen. Sie will dich und das Kind auch nicht in ihr Hause aufnehmen."

Das Kind wurde in Abwesenheit der Großeltern auf den Namen Maria getauft.

Elena Torres, Annas Mutter lehnte es von Anfang an ab, ihrer Tochter zu helfen. „Sie hat ein Kind zur Welt gebracht, ohne im Stande der Ehe zu sein."

So hielt nur der Vater hinter dem Rücken seiner Frau Kontakt zu Tochter und Enkelkind. Auch für den reibungslosen Ablauf der Formalitäten um die Geburt hatte er sich gekümmert.

V.

Der Rentner Michael Gebauer verließ am Morgen des 1. Januar 2004 um 10.23 Uhr sein Haus und machte einen Spaziergang mit seinem Hund. Es war ein frostklarer, sonniger Wintermorgen.

„Das hat aber kräftig gereift diese Nacht." Der Hund wälzte sich begeistert in der glitzernden Pracht. Michael Gebauer war früher Vorarbeiter im Sägewerk Morawetz gewesen und ließ es sich selbst an jenem Wintermorgen nicht nehmen, vom Zaun aus im Sägewerk nach dem Rechten zu sehen. Seine frühere Arbeitsstätte war ebenso weiß überzuckert wie die Wiesen ringsherum und lag im kalten Sonnenlicht ruhig da.

Als er sich schon wieder abwenden wollte, jagte sein Hund plötzlich mit lautem Gebell am Zaun entlang.

„Komm sofort zurück!"

Der Hund hörte nicht auf ihn und jagte weiter.

„Was ist denn los mit dir?"

Der Hund lief winselnd um eine bestimmte Stelle am Boden herum.

„Da liegt etwas."

So schnell wie möglich lief Michael Gebauer hin. Was er wenige Augenblicke später sah, war kaum zu ertragen.

„Zurück, Hasso!"

Vor dem Haupttor lag die nackte Leiche eines jungen Mannes. Daran bestand trotz schrecklicher Verstümmelungen am Unterleib kaum ein Zweifel.

„Mein Gott, das ist ja der Horst."

Es war Horst Morawetz, der Sohn des Sägereibesitzers, nach dem bereits gefahndet wurde. Um 11.15 Uhr benachrichtigte Rentner Michael Gebauer die Polizei.

VI.

Polizeiobermeister Möller dachte auf dem Weg zum Gymnasium an den Moment zurück, an dem er die Todesnachricht ins Haus Morawetz gebracht hatte. Herr Morawetz hielt sich tapfer. Seine Frau brach zusammen und musste ärztlich betreut werden.

„Ihr Sohn ist durch einen Stich mit einem Messer direkt ins Herz getötet worden. Die Wunde am Unterleib wurde ihm vor seinem Tod zugefügt. Er wurde danach erst zum Sägewerk gebracht und vor dem Tor abgelegt."

Diese Einzelheiten führte Möller aus, als Herr Morawetz danach fragte.

„Ich habe die Kriminalpolizei in der Kreisstadt eingeschaltet. Bisher erhielt ich noch keine Rückmeldung."

Möller nahm sich vor, die Liste der Schüler anzufordern, um noch in den Weihnachtsferien einige Aufschlüsse durch Befragung von Klassenkameraden zu erhalten. Horst Morawetz stand kurz vor dem Abitur.

Möller betrat am 8. Januar 2004 um 8.20 Uhr die Schule und ging zunächst ins Sekretariat. Der Schulleiter erwartete ihn bereits. Zusammen gingen sie in die Aula der Schule, in der die Mitschüler versammelt waren.

Ich möchte euch Herrn Möller von der hiesigen Polizeidienststelle vorstellen."

Der informierte kurz über den gewaltsamen Tod des Mitschülers. Die meisten wussten schon, was geschehen war.

„Ich werde im Zimmer des Direktors auf diejenigen warten, die durch ihre Aussagen Licht in diesen traurigen Fall bringen können."

Polizeiobermeister Möller wartete vergebens.

VII.

Ursula Hainbuch betrat am 9. Januar gegen 14.30 Uhr die Polizeiwache. Obermeister Möller war noch unterwegs. Sie beschloss, auf ihn zu warten. Gegen 15.45 Uhr kehrte der Beamte zur Wache zurück. Er sah erschöpft aus.

„Bitte gedulden sie sich noch einen Augenblick. Möchten Sie einen Kaffee?"

Ursula nickte. Er zog zwei Becher aus dem Automaten am Eingang und nahm an seinem Schreibtisch Platz. Dann griff er zu einem Notizblock und lehnte sich erwartungsvoll zurück.

Um 16.00 Uhr traf Kriminaloberkommissarin Weber in der Wache ein.

„Entschuldigen Sie, dass ich nicht schneller kommen konnte. Ein anderer Fall ..."

Sie brach ab, sah zu Ursula hinüber und übernahm die Vernehmung.

„Ich habe mit Horst kurz vor seinem Tod eine Nacht verbracht. Er hat mich verführt. Leider hat mein Freund davon erfahren und rast vor Eifersucht. Er wird sich wohl von mir trennen. Ich bedauere meinen Fehltritt sehr. Ich habe mir lange überlegt, ob ich dies alles der Polizei erzählen soll. Doch es muss sein, denn mein Freund hat nach meinem Geständnis damit gedroht, Horst Morawetz umzubringen. Und nun ..."

VIII.

Am Morgen danach stand Frau Weber um 8.30 Uhr vor einem kleinen Reihenhaus. Herbert Kirchner öffnete die Tür.

„Sind Sie der Freund von Ursula Hainbuch?"

„Ich war der Freund von Ursula Hainbuch."

Die Kriminalbeamtin trat ein.

„Entschuldigen Sie die Unordnung. Ich sitze an meiner Hausarbeit."

„Und dann komme ich noch dazwischen und störe sie. Deshalb nur eine kurze Frage: Haben Sie Horst Morawetz umgebracht?"

Herbert Kirchner schrak zusammen.

„Ihre Freundin behauptet, sie hätten damit gedroht."

„Es genügt ihr also nicht, mich mit diesem Miststück zu betrügen. Nun will sie mir auch noch einen Mord in die Schuhe schieben."

Herbert Kirchner tobte. Frau Weber wartete, bis er sich wieder beruhigt hatte.

„Ich bin maßlos enttäuscht."

„Das kann ich verstehen."

Sie verabschiedete sich, überzeugt davon, dass Herbert Kirchner mit dem Mord nichts zu tun hatte. Der rief sie noch einmal zurück und erzählte ihr eine Geschichte, die schon nach den ersten Sätzen die ganze Aufmerksamkeit der Beamtin auf sich zog. Sie machte sich einige Notizen und verließ das Haus, nicht ohne Herbert Kirchner für seine Mithilfe zu danken.

IX.

Gegen 11.00 Uhr am gleichen Tag öffnete Herr Morawetz die Eingangstür seiner Villa. Frau Weber stellte sich kurz vor, und er ließ sie ein. Sie nahmen in der Bibliothek Platz.

„Ich will nicht um den heißen Brei herumreden. Ihr Sohn galt als Frauenheld. Er hat sein gutes Aussehen und sein attraktives Cabriolet, das sie ihm zum achtzehnten Geburtstag geschenkt haben, überhaupt seine großzügige finanzielle Ausstattung hemmungslos eingesetzt."

Herr Morawetz hörte ruhig zu.

„Das Gerede ist maßlos übertrieben. Ich habe meinem Sohn allerdings dazu geraten, einschlägige Erfahrungen zu sammeln, und ihm dabei freie Hand gelassen. Sehr zum Ärger meiner Frau. Aber das alles ist ja wohl kaum eine Rechtfertigung für so einen brutalen Mord."

„Aber vielleicht eine Erklärung."

„Suchen Sie lieber den Mörder statt im Leben meines Sohnes herumzuwühlen."

Er schenkte sich einen Likör ein, ohne Frau Weber etwas anzubieten. Die schaute Herrn Morawetz eine Weile zu und holte dann zum entscheidenden Schlag aus.

„Stimmt das Gerücht, dass Ihr Sohn Anna Torres geschwängert hat? Haben Sie sich geweigert, einer Heirat zuzustimmen? Hat Elena Torres, die Mutter des Mädchens diese Heirat vehement gefordert?"

X.

Die Standuhr in der Bibliothek schlug 12.30 Uhr, als Herr Morawetz nach einem zweiten Likör antwortete.

„Das Gerücht basiert auf Tatsachen. Mein Sohn hat … hatte es darauf angelegt, mit Anna zu schlafen. Ihre starke Bindung an den katholischen Glauben hat ihn ganz besonders gereizt. Er hat ihr sogar die Ehe versprochen, um sie verführen zu können. Je stärker der Widerstand des Mädchens war, umso intensiver hat er sich ins Zeug gelegt. Sie ist aber auch ausnehmend hübsch. In einer Nacht, in der wohl auch Alkohol eine Rolle spielte, hat er es geschafft."

Herr Morawetz schwieg einen Augenblick und schaute vor sich hin.

„Als er mir gestand, Anna sei von ihm schwanger, habe ich ihm unmissverständlich klargemacht, dass eine Ehe mit einem Mitglied dieser Einwandererfamilie auf keinen Fall in Frage kommt."

Frau Weber fiel es sehr schwer, ihm nicht ins Wort zu fallen.

„Ich habe bei diesen Worten sogar so etwas wie Erleichterung bei ihm gespürt. Wir werden uns in Zukunft um Mutter und Kind kümmern. Das ist selbstverständlich."

Frau Weber wandte sich angewidert ab. Sie unterließ es, Herrn Morawetz klar zu machen, was eigentlich selbstverständlich gewesen wäre, und verließ gegen 13.20 Uhr das Haus.

XI.

Ein kurzes Gespräch mit Anna Torres am nächsten Morgen förderte keine neuen Tatsachen ans Tageslicht. Frau Möller stellte nur fest, dass Anna wirklich ausnehmend hübsch war. Ihre kleine Tochter stand der Mutter in nichts nach. Anna schien sogar traurig über den Tod von Horst Morawetz zu sein.

„Immerhin hat mein Kind seinen Vater verloren."

Elena Torres war tief in ihren Rosenkranz vertieft, als Kommissarin Weber gegen 14.00 Uhr an der Tür klingelte. Infolgedessen öffnete sie erst, nachdem die Beamtin mehrfach geklingelt hatte. Sie ließ die Frau nur widerwillig herein, da sie der Meinung war, dass alles im Falle Horst Morawetz gesagt sei. Frau Weber nahm auf einem alten, abgewetzten Ledersessel Platz. Frau Torres griff wieder zu ihrem Rosenkranz. Die Kriminalbeamtin erkundigte sich nach den momentanen Lebensumständen der Familie Torres und lenkte dann behutsam das Gespräch auf die Tochter Anna.

„Ich habe keine Tochter dieses Namens."

„Frau Torres, seien Sie doch vernünftig. Natürlich haben sie eine Tochter mit dem Namen Anna. Was geschehen ist, ist geschehen. Das mag Ihnen nicht gefallen, aber ändern können Sie es nicht mehr. Glauben Sie nicht, dass es Ihre Pflicht als Christin wäre, Ihrer Tochter zu helfen?"

„Ich habe keine Tochter mit dem Namen Anna." Frau Torres wiederholte beinahe kalt und gefühllos immer wieder die gleichen Worte. Doch die erfahrene Beamtin spürte, wie es unter der Oberfläche im Innern der zutiefst enttäuschten Frau brodelte.

„Dann reden wir doch einmal über Horst Morawetz."

Kaum war der Name gefallen, schrie Frau Torres wild auf, stürzte auf ihr Gegenüber zu und ergriff Frau Weber in höchster Wut an den Schultern.

„Diesen Namen will ich unter meinem Dach nie mehr hören."

Frau Weber löste die Hände der wutbebenden Frau vorsichtig von ihren Schultern und führte sie zu ihrem Sessel zurück. Sie wartete, bis Frau Torres sich wieder beruhigte.

„Ich kenne inzwischen die Tatsachen, die Sie derart aufregen, aber von Amts wegen bin ich verpflichtet, alles zu tun, den Mordfall aufzuklären."

Bei dem Wort Mordfall glühten die Augen von Elena Torres kurz auf. So kam es Frau Weber jedenfalls vor. Dann sank sie fast apathisch in ihren Sessel zurück und schwieg von diesem Augenblick an beharrlich.

XII.

Gegen 16.00 Uhr betrat Kriminaloberkommissarin Weber nachdenklich die Wache. Polizeiobermeister Möller blickte auf. Kurz teilte sie ihre Erlebnisse mit Elena Torres mit.

„Wir sollten eine Durchsuchung im Hause Torres beantragen."

Herr Möller nickte zustimmend.

XIII.

Am 12. Januar des Jahres 2004 sitzt Frau Weber zum letzten Mal an dem für sie eingerichteten Schreibtisch in der Wache der kleinen

Stadt, in der sie den Mord an dem Schüler Horst Morawetz aufzuklären hatte. Es ist exakt 10.15 Uhr, als sie die Akte schließt. Der Fall ist abgeschlossen.

Noch einmal denkt sie darüber nach, wie sie der Lösung auf die Spur gekommen ist.

„Es waren die Augen der Elena Torres in dem Augenblick, als der Name des Toten fiel. Für einen kurzen Moment las ich in ihnen Traurigkeit und wilde Entschlossenheit zugleich. Diese Frau hat den Makel ihrer Tochter durch den Tod des Verursachers auszulöschen versucht."

Herr Möller saß ihr gegenüber.

„Auf Frau Torres wäre ich so schnell nicht gekommen. Sie gilt als fromme Frau und unterstützt jeden, der sich mit einer Bitte an sie wendet."

„Es hatte irgendetwas mit Blutrache zu tun, mit Ritualen wie sie der spanische Dichter Garcia Lorca in seinen Stücken beschrieben hat. Und ein solches blutiges Ritual hat Elena Torres an Horst Morawetz vollzogen."

„Das muss man sich einmal vorstellen. Das Messer mit dem getrockneten Blut lag auf dem Hausaltar."

„Elena Torres hat den Mord wohl in ihrem religiösen Wahn den himmlischen Mächten geweiht und ihn angesichts des Kruzifixes vollzogen, nachdem sie den Jungen mit einem Kerzenleuchter niedergeschlagen, entkleidet und gefesselt hat."

Bei ihrer Verhaftung war Elena Torres geständig und zeigte keine Anzeichen von Reue. Die Bewohner der kleinen Stadt reagierten tief betroffen, als sie die ganze Wahrheit erfuhren.

In dieser Anthologie vereinigt der Autor Kurzgeschichten mit sehr unterschiedlicher Thematik.

Er führt uns in märchenhafte Gegenden und lässt uns Anteil nehmen an bizarren Begegnungen und seltsamen Figuren aus anderen Welten.

Der Leser erlebt Ereignisse voller Horror, Gewalt und Torturen. Er begegnet der Frau im Moor, der Toten am Fluss und gerät in eine tödliche Verbindung.

Menschen treten auf, die unter einem Schicksal leiden, das sie in der Vergangenheit erdulden mussten, ohne je vergessen zu können.

Letztlich begegnet der Leser Mördern und deren Opfern, karierten Maiglöckchen und roten Büstenhaltern, die lange verloren schienen.

Das Geheimnis des blauen Gartens wird ebenso aufgedeckt, wie die wahre Geschichte der unglücklichen Traudel nacherzählt.

Überlegen Sie nicht lange. Lesen Sie los. Viel Vergnügen.

Zeitfracht Medien GmbH
Ferdinand-Jühlke-Straße 7
99095 Erfurt, Deutschland
produktsicherheit@kolibri360.de